CÉSAR MALLORQUÍ

LA CRUZ DE EL DORADO

PREMIO EDEBÉ
DE LITERATURA
JUVENIL

edebé

Obra ganadora del Premio EDEBÉ de Literatura Juvenil, según el fallo del Jurado, compuesto por: Teresa Colomer, Robert Saladrigas, Emilio Teixidor, Vicenç Villatoro y Carlos Zamora. Actuó como secretaria, sin voz ni voto, Anna Gasol.

Paseo de San Juan Bosco, 62
08017 Barcelona
www.edebe.com

Directora de la colección: Reina Duarte
Diseño de las cubiertas: César Farrés
Ilustraciones: Jordi Vila Delclòs
Fotografía de cubierta: Archivo edebé

9.ª edición

ISBN 84-236-8005-3
Depósito Legal: B. 51148-2005
Impreso en España
Printed in Spain
EGS - Rosario, 2 - Barcelona

AGRADECIMIENTOS

Hace unos años tuve la fortuna de visitar Colombia, país que me deslumbró por su belleza, por su exotismo, por el maravilloso castellano que allí hablan —quizá el más puro del mundo— y por la cordialidad de sus gentes. En cualquier caso, pese a mi conocimiento del terreno *in situ,* tengo una deuda de gratitud con los hermanos Diana Rocío y Mario García Delgadillo, así como con Farid García Alonso, que tuvieron la amabilidad de aportarme la documentación geográfica que precisaba para escribir esta novela. De igual modo, vaya mi eterna gratitud a María José Álvarez que, como siempre, fue la primera en leer el manuscrito y me ayudó a corregirlo. Gracias a todos.

C. M.

Este libro está dedicado a la memoria de Carlos Euba. Y a Jaime y a Íñigo. Y a Victoria.

Índice

Capítulo uno

Donde se explica quién soy y cómo el azaroso destino me condujo a las lejanas tierras de ultramar.

Antes de comenzar este relato debo advertir al desprevenido lector que nada hay en mi historia de edificante o ejemplar, sino más bien al contrario, pues se trata de una crónica donde la codicia y el engaño campan por sus fueros.

Aunque, bien mirado, de un mal ejemplo siempre pueden sacarse buenas enseñanzas. Como decía mi padre: «Si quieres conocer a un hombre, no dejes de examinar la lista de sus pecados». En definitiva, de eso trata mi relato; de mis pecados, de mi desmedida ambición y de las increíbles aventuras en las que, por mi mala cabeza, me vi inmerso.

Cierto es que el azar tuvo mucho que ver con los extraños derroteros que tomó mi vida en aquellos tiempos ahora tan lejanos. ¿Quién iba a imaginar que una Biblia fuese a contener algo más que la palabra de Dios? ¿Y cómo podía yo sospechar que el casual encuentro con un viejo borracho tendría, a la larga, tanta importancia?

No, amigos míos, fueron los caprichos del destino la causa de que mis pasos se unieran a los de un misterioso asesino, y la razón que me llevó a abandonar las embriagadoras ciudades que sestean acunadas por las cálidas aguas del Caribe para cruzar selvas y desiertos, llanos quemados por el Sol y montañas altas como el cielo.

Pero estoy adelantándome a los acontecimientos. Por aquel entonces todavía no había oído hablar de don Íñigo de Saavedra ni de la portentosa cruz de El Dorado, de modo que, puestos a comenzar el relato, mejor hacerlo por el principio que por el final.

Me llamo Jaime Mercader y nací el veintiuno de junio de 1887 en Aranjuez, un pueblo de la provincia de Madrid del que no guardo el menor recuerdo, puesto que salí de él durante mi más tierna infancia.

Nunca conocí a mi madre, Dolores Espina, por la sencilla razón de que abandonó a mi padre cuando yo sólo contaba once meses de edad. Aunque mi padre jamás dio excesivas explicaciones al respecto, he podido deducir que fui concebido de forma furtiva y, desde luego, sin previo paso por la vicaría. Al parecer, mi madre, que a la sazón era una jovencita de dieciséis primaveras, trabajaba como doncella en el Palacio Real de Aranjuez cuando quedó encinta. Al conocerse su estado fue inmediatamente despedida, e igual suerte corrió mi padre, por aquel entonces un apuesto mozo de diecisiete años empleado en las caballerizas reales.

Las familias de mis respectivos progenitores montaron en cólera al conocer la noticia del inesperado embarazo, de modo que se formalizó una rápida boda y todo el mundo se puso a fingir que allí no pasaba nada. Luego, como es natural, nací yo.

Pero entre los planes de la joven Dolores, mi madre, no figuraba una temprana maternidad. Lejos de ello, llevaba tiempo acariciando la esperanza de trocar su empleo en la Real Residencia de Aranjuez por otro en la Corte de Madrid. Era una mujer de espíritu cosmopolita, no cabe duda, y verse expulsada de palacio debió de suponerle una seria decepción. Aunque peor fue, imagino, encontrarse repentinamente atada a un marido y al mamoncete que yo era en esos tiempos.

De modo que, un buen día, Dolores Espina desapareció de Aranjuez y jamás volvió a saberse de ella. Más tarde, llegué a sentir cierto resquemor —también a mí me había abandonado, ¿no es cierto?—, pero un día mi padre me sentó frente a él y dijo: «Tu madre tuvo la lucidez de alejarse de mí como gato escaldado del agua caliente. Y eso, hijo mío, no es muestra de maldad, sino de inteligencia. Nunca lo olvides.»

El caso es que, a partir de entonces, fue mi padre el que se ocupó de mi cuidado y educación. Durante un año me confió a un ama de cría y, después, alegando que había más futuro en Madrid, hizo las maletas, me cargó en sus brazos y juntos nos embarcamos en el tren que conducía a la capital del reino.

Supongo que ha llegado el momento de hablar de mi padre. Se llamaba Fernando Mercader y había nacido en Seseña, un pueblo próximo a Aranjuez. Él era... ¿Cómo explicarlo sin que resulte demasiado áspero?... En fin, sonará mal lo cuente como lo cuente, de modo que me dejaré de circunloquios. Mi padre era un jugador de ventaja, un estafador, un farsante, un pícaro, un charlatán y un mentiroso, entre otras muchas cosas de similar catadura. Y no lo digo con malicia, sino por respeto a la verdad. Tal era la profesión de mi padre: se ganaba la vida con los naipes, o timando al prójimo, o dedicándose al contrabando, o con cualquier otra tarea situada unos cuantos pasos más allá de la frontera que trazan las leyes.

Desde mucho antes de mi nacimiento, Fernando Mercader era conocido por su astucia e inteligencia, pero también por su mala cabeza. Siendo aún muy joven ya frecuentaba las timbas ilegales, apostaba en las carreras de caballos y organizaba combates de boxeo clandestinos. Luego, tras el fracaso de su matrimonio, careciendo de oficio y trabajo, con un bebé a su cargo y sin ningún futuro, decidió dedicar un año, el año que yo pasé al cuidado de un ama de cría, a perfeccionar sus habilidades. Después, convertido ya en un tahúr profesional, nos trasladamos a Madrid en busca de nuevos horizontes.

Y no cabe duda de que era bueno en la peculiar profesión que había escogido, porque, gracias a su ingenio y a la agilidad de sus dedos, logramos vivir con razonable comodidad en la capital durante más de diez años. Hasta que se cruzó en nuestro camino el marqués de Bretanville... Pero no nos adelantemos.

Si transgredir la ley convierte a alguien en delincuente, mi padre lo era. Pero jamás empleó la violencia ni abusó de los más débiles. Por lo demás, era un hombre de trato agradable y jovial, nunca probaba el alcohol ni montaba escándalos y, en lo que a mí respecta, siempre fue cariñoso y atento, jamás me pegó y en ningún momento permitió que me faltara nada de lo necesario. Si quieren mi opinión, fue el mejor padre que un muchacho pudiera desear.

Nunca pisé una escuela, pero mi padre se mostró inflexible en cuanto a mi educación. Él era un autodidacta y, de forma un tanto dispersa, me enseñó a leer y escribir, un poco de latín, inglés y francés, mucha geografía, nociones de arte y filosofía, y sobre todo matemáticas. «Los números gobiernan el universo, y también los naipes, no lo olvides», solía comentar.

Y es que, junto a una educación, digámoslo así, convencional, mi padre puso gran empeño en instruirme en los secretos de su oficio. Me enseñó todos los juegos de cartas que conocía, que eran muchos, y también la forma de hacer trampas en todos ellos. Me enseñó a evaluar las posibilidades de un caballo de carreras o de un galgo corredor. Me enseñó a manejarme con pericia en un casino. Me enseñó a captar la psicología de las personas. Me enseñó, en definitiva, todo aquello que precisa un timador para ejercer con habilidad su trabajo.

Sé que esto puede parecer escandaloso, pero hay que intentar comprender el punto de vista de mi padre. Él sabía que la gente de nuestra clase y condición ocupa el lugar más bajo en la escala social, y que el único medio para sobrevivir en la selva del mundo es ser más listo que los demás. De modo que se afanó en instruirme en lo que mejor conocía: el arte del engaño y del fingimiento.

Con todo, mi padre puso especial cuidado en proveerme de una amplia cultura general. Recuerdo que solía decir: «Las pasiones nos igualan a todos, la diferencia está en los modales. Entre un gañán y un caballero no hay más frontera que las apariencias. Después de comer, el gañán eructa como un becerro; el caballero, por el contrario, se lleva una mano a la boca y simula una tos. El eructo es el mismo, lo único que varía es la elegancia del gesto. Cultívate, Jaime, hijo mío, y aprende a ser un camaleón entre los caballeros.»

Así que, cuando yo apenas contaba nueve años de edad, mi padre trajo a casa las obras completas de Shakespeare y me obligó a leerlas por orden alfabético. Luego seguí con Cervantes y Quevedo, con Milton y Dante. En una vorágine lectora que en el fondo no me era desagradable, mezclaba *El lazarillo de Tormes* con las últimas novelas de Galdós, *Las leyendas* de Bécquer con los folletines de Dumas.

Y mientras yo leía incansablemente, al tiempo que ejercitaba mis dedos haciendo girar una moneda entre ellos, mi padre se ganaba nuestro sustento. Solía participar en timbas de naipes, o en las apuestas hípicas clandestinas, y, de vez en cuando, daba algún que otro timo. No vivíamos con lujo, pero tampoco pasábamos estrecheces.

Hasta que un día, corría el mes de diciembre, mi padre se presentó a media mañana en el pequeño piso de alquiler que ocupábamos en el barrio de Chamberí y se puso a hacer las maletas con evidente premura. Le pregunté qué ocurría y él me contestó:

—Nos vamos, Jaime; haz tu equipaje. Y no te entretengas, que andamos con prisas.

¿Nos íbamos? ¿Adónde? ¿Cuándo? ¿Por qué? Formulé tales preguntas con la alarma y la vehemencia propias de la juventud, y mi padre, entonces, se aproximó a mí y me dijo con gran seriedad:

—Jaime, voy a contarte una fábula: Había un vez un zorro muy listo, el que más conejos y gallinas atrapaba. Tan buen cazador era que él mismo llegó a creerse el rey de los depredadores. Y entonces pensó que por qué conformarse con conejos y gallinas; siendo tan listo, podía aspirar a piezas de mayor envergadura. De modo que, un buen día, salió a la caza de un león. Huelga decir cuál fue el final de la historia. El zorro acabó malparado, y fue a causa de un exceso de ambición. Pues bien, hijo mío, tu padre es un zorro que se pasó de listo y, en tales circunstancias, lo único prudente es salir huyendo con el rabo entre las piernas. De modo que no perdamos más el tiempo y hagamos el equipaje.

Esa misma mañana cogimos un tren con destino al Sur. Durante el trayecto, mi padre no volvió a comentar las razones de nuestra huida, y como el tema parecía incomodarle, no pregunté nada más al respecto.

Tiempo después, supe que mi padre, aburrido de los pequeños timos, había decidido embarcarse en una empresa de mayor entidad, para lo cual escogió a un aristócrata de origen francés, el marqués de Bretanville, a quien quiso estafar vendiéndole unas propiedades que no sólo no eran suyas, sino que ni tan siquiera existían. El marqués descubrió el engaño y montó en cólera. Así que mi padre se vio forzado a escapar urgentemente, tanto de la justicia como de los matones que el vengativo aristócrata había contratado para matarle.

Ésa fue la causa de aquel repentino viaje a Cádiz, y el motivo que nos llevó a embarcarnos en el primer vapor transatlántico que encontramos. Porque cuando mi padre dijo que nos íbamos no se refería sólo a dejar Madrid, sino España. Nuestro barco se llamaba *Covadonga* y tenía por destino América, el Nuevo Mundo.

Yo contaba entonces trece años y medio de edad, y el paso del siglo XIX al siglo XX me alcanzó en alta mar.

Capítulo dos

Donde se narra mi encuentro con un asesino y los terribles incidentes acaecidos al final del viaje.

El *Covadonga* era un vapor mixto; transportaba tanto mercancías como pasajeros. Había sido botado en 1898 en los astilleros de Glasgow y medía ciento veintidós metros de eslora por quince de manga. Desplazaba doce mil quinientas toneladas y podía alcanzar una velocidad máxima de doce nudos.

El barco contaba con ochenta y seis tripulantes, y aunque podía transportar mil doscientos pasajeros, cuando finalmente nos adentramos en el océano sólo íbamos a bordo ochocientas treinta y dos personas. Aunque no todos viajábamos de igual manera, por supuesto.

Había cuatro clases. Los pasajeros de Primera ocupaban la cubierta principal, en camarotes de cuatro plazas con baño. La Segunda Clase estaba ubicada en la superestructura central del buque. Los camarotes de Tercera, con capacidad para ocho personas, se encontraban a proa y a popa. El último lugar en la rígida escala social del buque correspondía a los emigrantes, que se alojaban en los entrepuentes de las bodegas, acomodados de la mejor manera que podían en largas filas de literas metálicas.

Al parecer, mi padre no sólo no había ganado ni un duro con su malograda estafa al marqués de Bretanville, sino que había invertido gran parte de sus ahorros en la operación, lo cual provocó una grave crisis en nuestra economía. De modo que nos instalamos en los abarrotados entrepuentes de la clase inferior, el precio de cuyo pasaje, pese a la modestia del alojamiento, ascendía a la friolera de sesenta y cinco pesetas, una suma nada despreciable en aquella época.

Partimos del puerto de Cádiz durante la mañana del quince de diciembre de 1900, en medio de un flamear de pañuelos y prolongados toques de sirena. Un penacho de humo blanco brotaba de la única chimenea del barco, como la melena de un anciano ondeando al viento.

El diecisiete de diciembre llegamos a las islas Canarias. El diecinueve recalamos en Santa Cruz de Tenerife y, finalmente, el veintiuno dejamos atrás el último puerto español de la travesía y pusimos rumbo a San Juan de Puerto Rico, nuestra primera escala en el continente americano.

Aunque sólo llevábamos seis días de singladura, estaba claro que las condiciones en que viajábamos distaban mucho de ser las que uno elegiría para un crucero de placer. De los ochocientos treinta y dos pasajeros del *Covadonga,* seiscientos diecisiete se amontonaban en la zona destinada a los emigrantes, lo cual suponía grandes dosis de calor, ruido, efluvios humanos y una total falta de *privacidad*. Por la noche, los ronquidos de los adultos y los llantos de los niños nos impedían conciliar el sueño, y durante el día era tanto el ajetreo que no se podía dar un paso sin tropezar con alguien.

La comida no era del todo mala; el primer plato consistía invariablemente en un potaje de legumbres —y esto influía en la cantidad de ventosidades que teníamos que soportar, no lo duden—, cinco veces a la semana había carne y los domingos, postre. Pero almorzar en el comedor de emigrantes, con sus largas mesas de madera y sus enormes bancos corridos, siempre atestados, resultaba una experiencia escasamente grata.

De modo que mi padre se propuso aliviar en lo posible las condiciones de nuestro viaje. Al atardecer del día veintiuno, mientras las Canarias quedaban atrás y el barco ponía rumbo hacia el Oeste, fue a buscarme con una pequeña maleta en la mano y me dijo:

—Voy a conseguir algo de dinero, Jaime. Ven conmigo.

Le seguí hasta una de las bodegas del buque y allí, en soledad, fui testigo de una de sus siempre sorprendentes transformaciones. Se despojó del traje de pana que llevaba y sacó de su maletín un chaqué de impecable factura, una camisa de seda y unos brillantes botines acharolados. Una vez vestido así, se puso perilla y bigote postizos y se encaneció el cabello con polvos de talco. Al terminar parecía un acaudalado caballero quince años más viejo de lo que realmente era.

—Guarda esto, Jaime —dijo mi padre, entregándome sus viejas ropas—. Volveré tarde, así que no me esperes despierto.

Acto seguido, abandonó la bodega y se deslizó como una sombra furtiva hacia la cubierta de Primera Clase. Mi padre solía decir que es mucho más sencillo despojar de su dinero a un pobre que a un rico. «Sin embargo», añadía, «necesitas muchos pobres para conseguir una suma aceptable y, además, cebarte en quienes ya están hundidos te convierte en la peor especie de carroñero que pueda existir. Es mejor elegir al rico adecuado y apropiarte con elegancia de parte de su dinero. Los ricos se lo merecen.»

Creo que mi padre, tras una rápida —y no muy provechosa— lectura del *Manifiesto Comunista*, había desarrollado un peculiar concepto de la justicia social que le llevaba a considerar el robo a los poderosos como un acto revolucionario. En cualquier caso, jamás le vi abusar de los desheredados de la fortuna. Aquella noche, sin embargo, sí que se proponía abusar de aquellos que podían permitirse el lujo de pagar más de mil pesetas por viajar en Clase Preferente. Mi padre fingiría ser un hombre de negocios, entablaría relación con tres o cuatro acaudalados pasajeros de Primera, tomaría unas copas con ellos y, llegado el momento, propondría una amistosa partida de cartas, «sólo por aliviar el tedio». ¿Adivinan quién iba a ganar? Yo sí.

Para pasar el rato mientras mi padre trabajaba, me tumbé en la litera y me puse a leer la *Odisea*, del viejo

Homero, pero apenas pude dedicar una hora a la lectura porque, en cuanto cayó la noche, los pasajeros de Cuarta Clase regresaron a sus dormitorios.

Aquellos pobres emigrantes, casi todos ellos asturianos o andaluces, eran buena gente, pero sus hábitos de higiene no parecían incluir el jabón entre las necesidades básicas. Además, resultaban francamente ruidosos. Como yo no estaba de humor para aguantar otro concierto de llantos y pedos, abandoné los atestados dormitorios del entrepuente y fui a dar un paseo por la cubierta inferior.

Hacía una noche magnífica. El cielo estaba cuajado de estrellas y una enorme luna en cuarto creciente flotaba a ras del horizonte como una anaranjada rodaja de sandía. Desde los salones de Primera me llegaba el sonido de una sonata para piano de Chopin.

Entonces me di cuenta de que no estaba solo en la cubierta. Por entre los botes salvavidas situados a popa del buque, distinguí a un pasajero en el que ya me había fijado con anterioridad. Viajaba con los emigrantes, pero no era uno de ellos. Se trataba de un hombre de unos treinta años de edad, alto —por encima del metro ochenta— y fornido. Su rostro era anguloso e inexpresivo y, bajo la aguileña nariz, ostentaba un frondoso bigote negro. Siempre llevaba un guardapolvo oscuro y, en la cabeza, un amplio pañuelo blanco ceñido por un cordón negro. Era árabe, cosa que resultaba evidente cuando, cada mañana, extendía una esterilla sobre el maderamen de la cubierta y, arrodillado, comenzaba a orar en dirección a La Meca.

En cierta ocasión, al inicio del viaje, uno de los marineros comenzó a insultarle. «Moro de mierda», le dijo; «estás entre cristianos. Deja de hacer el pagano o te doy una patada en el culo.» El árabe dejó de rezar, se puso en pie y clavó la mirada en el marinero, y no sé qué vio éste en aquellos ojos oscuros, pero al cabo de unos segundos masculló algo ininteligible y se largó a toda prisa.

Un tipo extraño el pasajero árabe, y ahora estaba allí, de noche, deambulando por la cubierta como un fantasma. De modo que me puse a seguirle. Soy bueno siguiendo a la gente. No hago ruido, sé ocultarme entre las sombras y me muevo con sigilo. Así que me llevé una sorpresa cuando, después de ir unos minutos detrás del árabe, al doblar un recodo, me encontré con que había desaparecido. Miré a un lado y a otro, busqué aquí y allá, pero finalmente tuve que reconocer que aquel tipo me había dado esquinazo. Acepté con deportividad la derrota y me di la vuelta, dispuesto a regresar sobre mis pasos.

Y ahí estaba Mustafá, detrás de mí, mirándome fijamente al tiempo que sostenía un puñal de hoja curva en la mano derecha.

—¿Por qué me sigues? —preguntó con voz grave y un suave acento oriental.

Tragué saliva hasta que no me quedó saliva que tragar. No podía apartar la mirada del cuchillo que, si bien no me amenazaba directamente, qué demonios, estaba allí y parecía muy afilado. Alcé la vista, encontré los ojos del árabe y me estremecí. Aquella mirada era como una sima negra y profunda que amenazara con engullirme.

—Yo no–no..., yo no–no... —balbucí tontamente; después ya no fui capaz de articular palabra.

El árabe permaneció lo que se me antojó una eternidad con su terrible mirada clavada en mis ojos, como si estuviera dudando entre degollarme o abrirme en canal, y luego me advirtió:

—No me sigas.

Ocultó el cuchillo debajo del guardapolvo, se dio la vuelta y desapareció de mi vista sin hacer el menor ruido. Yo, por mi parte, permanecí unos segundos inmóvil, permitiendo que la fresca brisa marina me devolviera el color y la calma, y luego regresé a toda prisa a la ruidosa seguridad del dormitorio comunal.

Mientras me tumbaba en el jergón pensé que ya sabía lo que había sentido aquel marinero cuando se enfrentó al pasajero árabe: miedo.

***

Mi padre regresó bien entrada la madrugada. Estaba de buen humor y tenía ganas de charlar, de modo que se cambió de ropa y me invitó a salir con él a la cubierta para bebernos las dos botellas de zarzaparrilla que había traído consigo del bar de Primera Clase. Abandonamos el dormitorio comunal y nos dirigimos a la cubierta. Nada más salir al exterior, mi padre sacó del bolsillo un abultado fajo de billetes y me lo mostró con aire triunfal.

—La fortuna vuelve a sonreírnos, Jaime, hijo mío —dijo—. Me hice pasar por comerciante de tabaco y trabé conversación con un par de banqueros y un comisionista. Eran tan cándidos que ni siquiera sabían jugar al póquer, ni a ningún otro juego serio, así que propuse echar unas manitas de giley[1] para pasar el rato, y ellos aceptaron encantados. Al principio perdí un poco, para que se confiaran. Luego, cuando más metidos estaban en la partida, les asesté el golpe de gracia —agitó el fajo de billetes y agregó—: Más de novecientas pesetas les saqué, muchacho. Estoy en forma.

Tras contarme detenidamente los avatares de la partida, mi padre comenzó a describir el lujo que se respiraba en Primera Clase, pero algo debió de advertir en mi expresión, porque interrumpió su relato para preguntarme:

—¿Sucede algo, Jaime?

De modo que le conté mi encuentro con el pasajero árabe, poniendo especial énfasis en el enorme cuchillo que había esgrimido. Lejos de alarmarse, como yo esperaba, mi padre perdió la mirada en la noche, se acodó en la barandilla y, con expresión ausente, dio un largo trago a su bebida.

—Yo también me he fijado en ese árabe —comentó al cabo de un rato—. Se llama Rasul Alí Akbar y es sirio.

—¿Cómo lo sabes?

—El otro día jugué al tute con unos marineros y, dado que no iba a sacar mucho dinero de la partida, al menos obtuve un poco de información —hizo una

1 Giley: antiguo juego de cartas español de origen rural, pues solía practicarse en las ferias de ganado.

pausa y agregó—: No deberías acercarte a ese árabe, Jaime, es un asesino.

Casi me atraganté con la zarzaparrilla al oírle decir eso.

—Pero no un asesino vulgar —prosiguió mi padre—, sino un asesino en el sentido estricto de la palabra. ¿Has oído hablar del Viejo de la Montaña? ¿No? Se llamaba Hasan Bensabah Homairi y vivió en la Siria del siglo XI. Fundó una secta secreta en Alamut, una fortaleza situada en la cima de una montaña, cuyos miembros, los *fidai,* practicaban el asesinato político. Pues bien, esos tipos, los *fidai,* solían fumar *hashish,* así que los cruzados europeos les llamaron *hashishian*, y de ahí viene la palabra «asesino».

—¿Y tú crees que el pasajero árabe es un *fidai?* —pregunté con los ojos como platos.

Mi padre hizo un gesto vago.

—Bueno, dicen que la secta del Viejo de la Montaña desapareció a mediados del siglo XIV —contestó en tono displicente—. Pero yo no estaría muy seguro de eso.

En fin, mi padre no siempre decía la verdad. Tenía muy viva la imaginación y mezclaba con frecuencia fantasía y realidad. Supongo que me contó aquella historia para entretenerme y que ni él mismo se creía que el pasajero árabe fuera un asesino conjurado.

¿Lo era? Nunca lo supe a ciencia cierta y, aquella noche, mi padre y yo nos limitamos a apurar las zarzaparrillas y a regresar, en silencio, a nuestras literas.

***

Gracias al dinero ganado en el juego, mi padre adquirió al día siguiente dos pasajes de Tercera Clase y así fue cómo nos mudamos de los abarrotados dormitorios comunales a un camarote de ocho plazas que compartíamos con una agradable, y escasamente ruidosa, familia asturiana. Nuestras condiciones de vida mejoraron notablemente, aunque al estar el camarote en la zona de proa, aquello se movía como un balancín; pero, a la larga, uno llegaba a acostumbrarse.

Ningún incidente digno de mención aconteció en los días sucesivos. Celebramos la Navidad con una comida especial y al llegar la Nochevieja hubo una gran fiesta, con fuegos de artificio y baile. Acabábamos de ingresar en el siglo XX, en el futuro, y eso bien merecía una celebración por todo lo alto.

Finalmente, el tres de enero de 1901, el *Covadonga* alcanzó las costas de América. Fue sólo una breve escala en San Juan de Puerto Rico, pues nuestro barco partió inmediatamente hacia Santiago de Cuba, adonde llegamos día y medio después. Allí desembarcó la mayor parte del pasaje y recuerdo que, mientras contemplaba desde la cubierta la lujuriosa vegetación de la isla, tan parecida a la imagen que yo tenía del paraíso terrenal, le pregunté a mi padre por qué no nos quedábamos en Cuba.

—Vamos a Colombia —me contestó—. En Barranquilla, una ciudad de la costa, vive una vieja amiga mía llamada Caridad Santos, una encantadora dama, dueña de un honrado establecimiento llamado Salón Bombay y que, sin duda, nos ayudará a establecernos en la localidad —sonrió con abierto optimismo—. Un mundo lleno de posibilidades se abre ante nosotros, Jaime, hijo mío. Somos afortunados.

Bueno, mi padre nunca poseyó el don de la profecía.

El *Covadonga* zarpó el cinco de enero de Santiago de Cuba con destino a la mítica villa de Cartagena de Indias. Viajábamos a bordo doscientos setenta y tres pasajeros, más los ochenta y seis miembros de la tripulación.

Dos días más tarde, el mar, que hasta entonces había sido una balsa de aceite, adquirió un color plomizo y comenzó a ondularse. Se levantó un viento cálido y pegajoso y el cielo empezó a poblarse de nubes. Recuerdo que el segundo oficial, con la mirada fija en las alturas, comentó: «cirros..., qué extraño». Y había algo en el tono de su voz que no acabó de gustarme.

Horas después, el cielo se nubló por completo, comenzó a llover torrencialmente y el viento se tornó huracanado. Al parecer, acabábamos de meternos de lleno en una inoportuna tormenta tropical.

***

Olas de doce metros de altura, el bramido ensordecedor del viento, el estruendo del mar batiendo contra el casco. Como un barco de papel arrojado a las turbulentas aguas de un torrente, el vapor mixto *Covadonga* subía y bajaba, y se inclinaba a un lado y a otro, zarandeado por las titánicas fuerzas de una naturaleza desatada. Así pasamos las siguientes treinta y seis horas.

El capitán había ordenado que los pasajeros nos encerráramos en los camarotes, de modo que ahí estábamos nosotros, la familia asturiana —papá, mamá y sus dos hijos, pálidos como cirios después de haber vomitado hasta la primera fabada—; y mi padre, que se dedicaba a hacer un solitario con aparente calma, aunque la crispación de sus manos al sujetar los naipes revelaba su secreta preocupación; y yo, Jaime Mercader, su seguro servidor, que, de puro inconsciente, contemplaba aquel desastre como si fuera una romántica aventura.

Lo malo es que ahí, encerrado en un camarote en el que reinaba una temperatura de cuarenta grados, oliendo a vómitos y sacudido como un dado en un cubilete, tenía la sensación de estar perdiéndome lo mejor de la función. Al cabo de unas horas, cuando el mar pareció apaciguarse un poco, le dije a mi padre que tenía que ir al excusado, abandoné el camarote, me deslicé por los estrechos corredores del castillo de proa y abrí la escotilla que daba a la cubierta.

Un golpe de viento cargado de salitre y agua me azotó el rostro. Sujetándome con fuerza a la estructura metálica del castillo salí al exterior. La lluvia me empapó al instante, pero, absorto en lo que estaba viendo, no le di importancia.

Aunque lo cierto es que no veía gran cosa. La noche era tan cerrada que el mar y el cielo se confundían, y la lluvia asemejaba un velo fluido y opaco que todo lo ocultaba. No, apenas lograba ver nada, pero el aullido del viento, las violentas sacudidas, arriba y abajo, de la proa del barco, las enormes olas de blanca espuma, todo aquello me llenaba de entusiasmo y me hacía sentir como el protagonista de alguna de las novelas de aventuras que solía leer.

De repente, un intenso relámpago iluminó el mar con su eléctrico resplandor y, para mi sorpresa, pude ver con absoluta claridad, a no más de medio kilómetro de distancia, el quebrado contorno de una costa. ¡Estábamos muy cerca de tierra firme!

El fulgor celestial se disipó al instante y de nuevo nos sumimos en las tinieblas. Pero ahora, allí donde yo sabía que estaba la costa, distinguí un punto brillante. Debía de ser la luz de un faro, lo cual, supuse, quería decir que nos encontrábamos cerca de un puerto. Después de todo, pensé, estábamos a salvo. Y, entonces, otro relámpago iluminó la cubierta, revelándome que, en contra de lo que yo suponía, no estaba solo.

Rasul Alí Akbar, el misterioso pasajero árabe, se encontraba a cuatro o cinco metros de distancia, agarrado a un mástil, con la mirada fija en la oscuridad. Parecía demasiado preocupado por la tormenta como para fijarse en mí, pero yo no tenía el menor deseo de encontrarme de nuevo con él, así que me dispuse a volver al camarote.

Entonces sucedió.

Un ruido ensordecedor, el bramido del metal al rasgarse contra la roca, pareció galvanizar la atmósfera. Una violenta sacudida me derribó al suelo y, acto seguido, el buque se inclinó cuarenta y cinco grados a estribor, lanzándome por encima de la borda hacia el encrespado mar.

El choque con el agua me aturdió. Durante unos segundos no hice otra cosa que sumergirme, sin ofrecer resistencia, sorprendido por la inesperada calma que reinaba bajo las olas. Luego recordé que sería bueno para mi salud respirar un poco y comencé a bracear hacia arriba. En cuanto salí a la superficie me puse a aspirar aire con auténtica glotonería.

Y ahí estaba yo, flotando en un mar embravecido, con la lluvia azotándome el rostro y sumido en el desconcierto. El fulgor de un relámpago me mostró entonces la terrible imagen del *Covadonga*, junto a unas rocas que sobresalían del agua, inverosímilmente inclinado hacia un lado y con una inmensa brecha en la amura de babor. El barco había chocado contra unos escollos y ahora se hundía rápidamente.

Mi padre solía decir: «Cuando no sepas qué hacer, corre». Y ése era precisamente mi propósito, pues, según había leído, cuando un barco se hunde produce una corriente de succión que todo lo arrastra. El único problema es que, en aquella turbulenta negrura, no tenía ni idea de hacia dónde debía nadar. Braceé un poco, alejándome del buque, y entonces un nuevo relámpago iluminó las doradas arenas de una playa situada a no más de trescientos metros de donde yo estaba.

Desgraciadamente, el relámpago también me mostró otra cosa: muy cerca de mí, un hombre, que a todas luces no sabía nadar, manoteaba frenéticamente intentando mantenerse a flote. Era Rasul Alí Akbar, el pasajero sirio.

En apenas un segundo enumeré todas las razones por las cuales debía poner mi pellejo a salvo y olvidarme de que ese tipo se estaba ahogando. Eran razo-

nes muy convincentes, así que no pude evitar sorprenderme cuando me vi nadando hacia Alí Akbar con la intención de rescatarle. Nada más verme, el árabe se aferró a mí como un pulpo. Boqueé, manoteé y, finalmente, le grité que no me agarrara o nos ahogaríamos los dos. Alí Akbar debía de ser muy disciplinado, porque me soltó inmediatamente. Entonces le pasé un brazo alrededor del cuello y empecé a nadar hacia la costa.

Aprendí a nadar en las pozas del Alberche, un río, pero eso no me había preparado para luchar contra un mar embravecido, y menos teniendo que arrastrar a un tipo que parecía pesar una tonelada. Al cabo de diez minutos sólo había logrado avanzar unos metros y ya estaba agotado. Entonces, algo me golpeó la cabeza. Alcé la vista y vi un madero flotando a mi lado. Me agarré a él y le indiqué al árabe que hiciera lo mismo. Luego le grité:

—¿Sabes mover las piernas? ¡Pues muévelas!

Tardamos casi una hora en alcanzar la costa. La furia del viento, el batir de las olas y la intensa succión de las corrientes eran murallas que frenaban nuestro avance. Por un momento pensé que no lo lograríamos, pero finalmente, agotados y jadeantes, llegamos a la playa. Recuerdo que me dejé caer sobre la arena, agotado y feliz al mismo tiempo, sintiéndome más vivo que nunca tras haber coqueteado con la muerte. Jamás la tierra firme me había parecido tan acogedora y me juré a mí mismo no volver a subir a un barco en mi vida.

Entonces, súbitamente, recordé algo. Me incorporé

como un resorte y volví la mirada hacia el lugar donde se había hundido el *Covadonga*.

—Papá... —musité con voz ahogada por la pena.

***

La tormenta amainó poco después. El viento cesó, las nubes se abrieron y la Luna iluminó con su pálida luz las ahora calmadas aguas del Caribe. De los trescientos cincuenta y nueve ocupantes del vapor mixto *Covadonga*, sólo treinta y siete, contándonos al árabe y a mí, lograron alcanzar la costa. Ninguno de ellos era mi padre.

Los habitantes de Arroyo de Piedra, una aldea cercana al lugar del naufragio, se presentaron al poco rato. Eran humildes y bienintencionados pescadores que se desvivieron por atender a los supervivientes del desastre. Una gruesa mujer de rasgos mestizos insistió bondadosamente en que la acompañara al pueblo, pero yo sacudí la cabeza y me quedé donde estaba, con la esperanza de ver aparecer a mi padre en cualquier momento.

Luego, nativos y náufragos se fueron a la aldea y yo me quedé solo en la playa. ¿Solo? No, Rasul Alí Akbar permaneció a mi lado toda la noche, sentado en silencio sobre la arena, con las piernas cruzadas, inmóvil como una estatua. De hecho, no pronunció ni una palabra hasta que el amanecer tiñó de rojo el horizonte, por encima de los palmerales; entonces dijo:

—Tu padre no volverá. Vayamos al pueblo a descansar.

Miré hacia los escollos y luego contemplé el inexpresivo rostro del árabe. Me sentía fatal. Los ojos se me llenaron de lágrimas y me abracé a Rasul. Él me acogió entre sus brazos y murmuró unas palabras de consuelo que yo no pude entender, porque las pronunció en su idioma. Pese a lo afectado que estaba, no pude evitar percatarme de los bultos gemelos que marcaban las dos pistolas que el sirio ocultaba bajo la ropa.

***

Dormí doce horas seguidas. Cuando desperté, en la humilde choza de madera donde uno de los aldeanos me había acogido, el primer recuerdo fue para mi padre y, al comprender que jamás volvería a verle, me eché a llorar de nuevo.

Luego llegó Rasul y, en pocas palabras, me puso al tanto de nuestra situación. Estábamos en Punta de Piedra, un cabo situado a veintiséis kilómetros de Cartagena, ciudad ésta a la que se dirigirían en breve los treinta y cinco restantes supervivientes del naufragio. Todavía un tanto aturdido, objeté que yo no me dirigía a Cartagena, sino a Barranquilla.

—Me ocuparé de todo —dijo Alí Akbar.

Y así fue. Al día siguiente, Rasul me despertó muy temprano. Había adquirido dos caballos y se proponía acompañarme hasta Barranquilla. Antes de partir me fijé en que a la altura de los escollos, allí donde se había hundido el *Covadonga*, estaba anclado un viejo barco en cuya cubierta trabajaban varios hombres, entre ellos un par de buzos. Le pregunté a uno de los lugareños quiénes eran esos tipos y el hombre me contestó:

—*Wreckers*.

Luego me aclaró que *wreckers* eran los que tenían por oficio rescatar las mercancías que transportaban los buques naufragados.

—Mala gente —prosiguió el hombre—. Gallinazos[2] —hizo un desdeñoso gesto en dirección al barco—. Ésos son los *wreckers* de Tobías Welser. Se dice que, durante las tormentas, prenden una gran luz en la costa para atraer los barcos a los escollos y hundirlos. Son unos piratas.

Reflexioné unos segundos, recordando la luz que vi poco antes del naufragio y que tomé, al igual que debió de ocurrir con el capitán del *Covadonga*, por un faro. Luego repetí en voz baja aquel nombre: Tobías Welser. Era la primera vez que lo oía.

No sería la última.

---

2 Gallinazo: buitre.

Capítulo tres

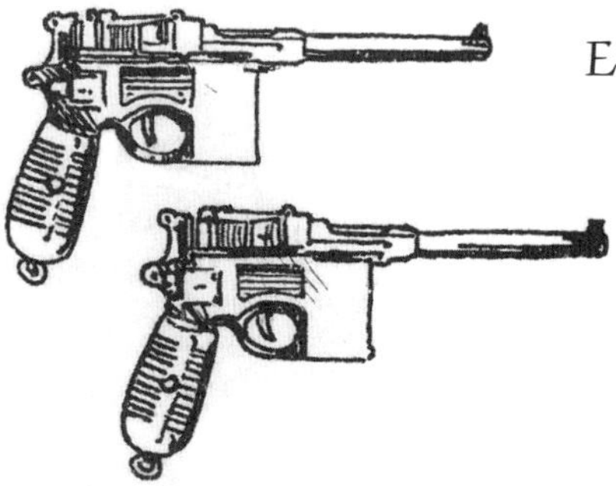

En el que se cuentan mis primeras andanzas por Colombia y cómo, una vez más, tuve que salir huyendo.

Rasul Alí Akbar era un hombre de pocas palabras. Durante los ochenta kilómetros del trayecto entre Punta de Piedra y Barranquilla no despegó los labios, y sólo cuando llegamos a la ciudad y dimos con el Salón Bombay abandonó su mutismo para decir:

—Me has salvado la vida, Jaime. Ahora tengo algo que hacer lejos de aquí, pero volveré para saldar mi deuda contigo. Que Alá te proteja.

Y, sin añadir una palabra más, desapareció calle arriba. Yo respiré hondo, me pasé los dedos por los cabellos, intentando en vano desenredarlos, y entré en el Salón Bombay en busca de la amiga de mi padre, mi futura protectora.

Caridad Santos, doña Caridad para todo el mundo, era una afable cuarentona, más bien entrada en carnes, que aún conservaba gran parte de su belleza, aunque tendía a enmascararla con un exceso de maquillaje. Había nacido en Murcia, pero llevaba casi doce años viviendo en Colombia, donde había prosperado gracias a su peculiar negocio. La mujer escuchó con expresión compungida el relato de mis desventuras, e incluso derramó unas lágrimas cuando supo del triste destino de mi padre.

—Era un gran hombre —dijo, visiblemente conmovida—, el mejor que he conocido. Tú no te preocupes, Jaime, porque yo me ocuparé de proporcionarte cobijo y un medio honesto de ganarte la vida. Serás como un hijo para mí.

Y así fue cómo entré a trabajar en el establecimiento que doña Caridad Santos, gracias a su esfuerzo y tesón, había levantado en el trópico. El Salón Bombay —nadie sabía la razón de aquel nombre hindú— era un edificio de madera pintado de blanco que constaba de dos plantas. En la de abajo había una taberna con un amplio salón lleno de mesas y sillas. El piso de arriba estaba dividido en reservados que podían ser alquilados por los clientes.

En el Salón Bombay se servían bebidas —ron y whisky sobre todo— hasta altas horas de la madrugada, y también se prestaba otro tipo de servicios. Digamos que no era la clase de local donde uno invitaría a su abuelita a tomar el té. Había chicas, y música, y... En fin, el Salón Bombay era un... Bueno, ya se lo imaginan.

Mi trabajo allí consistía en un poco de todo. Ayudaba a limpiar, hacía recados para los clientes y los fines de semana, cuando más trasiego había, servía copas en las mesas. Por si a algún lector le escandalizara que un muchacho como yo trabajase en un antro de corrupción como ése, debo confesar que ninguna de las chicas hizo caso a mis torpes intentos de aproximación y que todas ellas, para mi pesar, me trataron siempre como si fuera su hermanito pequeño.

No puede decirse que mi llegada a Colombia se produjera en el mejor de los momentos posibles. Una guerra civil asolaba el país desde hacía dos años, aunque los combates tenían lugar en el interior, lejos de Barranquilla, donde sólo fui testigo de alguna que otra algarada. Con todo, el año y medio que pasé en el Salón Bombay fue una de las épocas más felices de mi vida, aunque esa felicidad se veía con frecuencia ensombrecida por el recuerdo de la muerte de mi padre. Pero yo era muy joven y la juventud es tierra abonada para el olvido, lo cual permite superar con rapidez hasta las penas más profundas.

Barranquilla está situada en la llanura que forma en su desembocadura el delta del río Magdalena, en medio de palmerales y ciénagas. Por aquel entonces era una bulliciosa villa de casi cien mil habitantes que difícilmente podía calificarse de bonita. Salvo unos cuantos edificios coloniales, el resto era un cochambroso amasijo de chabolas, dispersas aquí y allá, sin orden ni concierto.

Por sus calles deambulaban negros africanos, sensuales mulatas de sinuosos andares, indios de piel cobriza y ojos rasgados, mestizos, chinos, prósperos criollos paseando en coche descubierto frente a la vieja iglesia de San Antonio. Procedentes del cercano Puerto Colombia llegaban marinos y aventureros de todas las nacionalidades, mientras que por el río Magdalena iban y venían barcazas y canoas con multicolores cargamentos de fruta, cacao, flores o pieles de caimán. Y la música... Aquello era el paraíso del ritmo. Todo el mundo se ponía a bailar al menor pretexto, y si no bailaban, cantaban o tocaban algún instrumento al son del bambuco. De no ser por los mosquitos, que abundaban en número, tamaño y ferocidad, Barranquilla hubiera sido el más grato de los vergeles.

Todo era nuevo para mí en Colombia y tenía mucho que aprender. No pensaba dedicar el resto de mi vida a pasar la escoba, hacer recados o atender a borrachos. Yo aspiraba a metas mayores, así que medité largo y tendido sobre el negocio de doña Caridad y llegué a la siguiente conclusión: aunque se suponía que los clientes venían al local por las chicas, lo cierto es que la mayor parte de ellos se limitaba a permanecer en el bar, charlando y bebiendo hasta caer inconscientes, y a mi modo de ver eso era un desperdicio.

Así que, justo un año después de mi llegada, fui a hablar con doña Caridad y le expuse mi plan. Era sencillo: se trataba de montar una mesa de ruleta en el bar del Salón Bombay.

—Los clientes seguirán bebiendo, pero, en vez de charlar, jugarán —dije en tono persuasivo—. Y perderán. Y eso supondrá nuevos ingresos para el negocio.

— ¿Y tú manejarás la ruleta? —preguntó doña Caridad, no del todo convencida—. Pero si eres un crío, Jaime...

—Tengo catorce años y medio —objeté, un tanto ofendido—. Además, los clientes me verán joven e inocente, se confiarán y jugarán con mayor empeño.

—Pero tú no eres muy inocente que digamos, ¿verdad? —comentó ella con una media sonrisa.

—Vamos, doña Caridad, diga que sí —insistí yo—. No tendrá que poner ni un peso; yo pagaré la ruleta y me ocuparé de todo. Y usted se llevará un porcentaje de los beneficios. ¿Qué puede perder?

Ella debió de pensar —equivocadamente, como luego se demostró— que, en efecto, no tenía nada que perder, así que acabó dando su consentimiento. Y yo me puse manos a la obra al instante. A base de ahorrar la totalidad de las propinas que recibía en el Salón Bombay había conseguido reunir una suma no del todo despreciable, de modo que le encargué a un carpintero la construcción de la ruleta. Yo mismo diseñé los planos y, luego, me ocupé personalmente de pintar, uno a uno, los treinta y seis números de rigor sobre un tapete de fieltro verde.

Cuando la mesa estuvo acabada, la instalé en un rincón del bar y colgué encima de ella una pesada lámpara de bronce, con tres faroles de queroseno, que le había comprado a un chatarrero. Reconozco que al terminar de colocarlo todo experimenté una intensa sensación de orgullo. No era Montecarlo, por supuesto, pero era mío.

Mi padre solía decir: «No hay mejor negocio que un casino, pues los casinos cuentan con el favor de las leyes de la probabilidad, del azar, y eso es como tener de tu lado las fuerzas del universo». Él siempre ambicionó regentar una casa de juegos y, finalmente, era yo, su hijo, quien iba a ver cumplido tal deseo.

La noche de la inauguración me vestí con pantalones negros, camisa blanca y chaleco de cuadros. Estaba guapo, debo reconocerlo, y cuando por primera vez hice girar la bola me sentí como el más elegante *croupier* del más elegante casino francés. Fue un éxito apoteósico. No sólo es que los parroquianos se pusieran a jugar como locos, sino que, además, el local se vio invadido por una muchedumbre de nuevos clientes atraídos por las apuestas. Y la rueda de la ruleta giraba y giraba, y con cada giro el dinero fluía como un manantial.

Pero había un pequeño problema.

Doña Caridad se llevaba el cuarenta por ciento de las ganancias. Al jefe de policía yo tenía que darle un porcentaje del veinte por ciento, y otro tanto al tipo que controlaba el juego clandestino en la ciudad. Del restante veinte por ciento, tres cuartas partes iban a parar a manos de las chicas, que habían protestado airadamente al descubrir que los clientes se mostraban ahora más interesados por la ruleta que por ellas. De modo que a su seguro servidor, el laborioso Jaime Mercader, el promotor de la idea, le quedaba un miserable cinco por ciento de beneficio.

Aquello era injusto, pero no podía eludir mis compromisos, al menos no sin tener graves problemas. Sin embargo, un par de meses después, ya estaba más que harto de ver cómo los demás se enriquecían a costa de mi trabajo. De modo que, al no poder aumentar mi porcentaje, decidí que la única forma de conseguir más dinero era incrementar el monto total de las ganancias.

Soy bueno con las manos, se me dan bien los trabajos mecánicos. Con la ayuda de un herrero fabriqué un artilugio a base de varillas e imanes y luego lo instalé en la ruleta, ocultándolo bajo el tablero. Lo hice de madrugada, cuando el local estaba vacío, pues no quería que nadie supiese que estaba trucando la mesa de juego.

Mi artimaña funcionó a las mil maravillas. Durante los siguientes tres meses la ruleta proporcionó más beneficios que nunca y aumentó notablemente la rentabilidad de mi cinco por ciento. La fortuna parecía ofrecerme su rostro más risueño, sí, pero era un espejismo, pues la desgracia no tardó en asaltarme.

Ocurrió exactamente el día de mi decimoquinto cumpleaños, lo cual no deja de ser irónico.

***

En el fondo, yo barruntaba que algo malo iba a suceder. Manuel, uno de los camareros del Salón Bombay, se había roto una pierna recientemente, dos de las chicas enfermaron de sarampión y padecimos una larga serie de pequeños accidentes. Era como si la mala suerte se cebase con nosotros.

Además, hacía varios días que un tipo extraño frecuentaba el local. Era un hombre alto y barbudo que siempre llevaba puestas unas gafas de cristales ahumados y un sombrero con el ala muy ancha. Llegaba a primera hora, se sentaba a una mesa —sin despojarse del gabán, pese al calor— y ahí se quedaba toda la noche, silencioso e inmóvil. No jugaba, ignoraba a las chicas y ni siquiera se emborrachaba, pues no hacía otra cosa que sorber una taza de café tras otra. Yo tenía la sensación de que, por detrás de aquellas gafas oscuras, el tipo no me quitaba la vista de encima, aunque supuse que eran imaginaciones mías y no le di importancia.

Era la noche del sábado y el Salón Bombay estaba abarrotado de clientes. En torno a la mesa de ruleta se congregaban varias filas de jugadores ansiosos por desprenderse de su dinero, y yo hacía girar la bola una y otra vez, al tiempo que decía con mi mejor acento: *«Rien ne va plus, monsieurs»,* para luego recoger confiado las ganancias. Entonces, a eso de la medianoche, cuando más lleno y animado estaba el local, el desastre se abatió sobre mí. Creo que la Divina Providencia quiso castigarme por mis pecados o, cuando menos, darme una lección. Si fue un castigo, no cabe duda de que la cosa funcionó, pero si se trató de una lección, lamento decir que apenas saqué ninguna enseñanza de ella.

El caso es que hubo un terremoto. No, no me refiero a un «gran terremoto», con edificios derrumbándose y muertos por doquier. Estoy hablando de un terremoto pequeñito, ínfimo, de un asco de terremoto. Las paredes vibraron un poco, los vasos hicieron clinclin, y ahí hubiera acabado todo de no ser por lo chapuceramente que había fijado yo la lámpara de bronce al techo, pues el temblor resultó lo suficientemente intenso como para desprender los pernos que la sujetaban. Así que la lámpara se desplomó pesadamente sobre la mesa de juego y la partió por la mitad con gran estruendo. Pero lo peor es que el accidente puso al descubierto el artilugio que había instalado en la ruleta para trucarla.

Me quedé helado. Los clientes, por su parte, enmudecieron y contemplaron perplejos aquel conjunto de varillas e imanes que tan inesperadamente había salido a la luz. Se produjo un largo y estupefacto silencio y... En fin, aquellos tipos eran viciosos y borrachos, pero no tontos. Sumaron dos y dos, y prorrumpieron en un estallido de justa indignación. Al principio, dirigieron su furia contra doña Caridad, pero ella rechazó toda responsabilidad y, señalándome dignamente con un dedo, declaró que era yo quien se ocupaba de todo lo relacionado con el juego.

Entonces, los clientes se volvieron hacia mí y comenzaron a rodearme con evidentes malas intenciones. Alguien dijo que deberían despellejarme, otro sugirió que mejor sería quemarme vivo, un tercero, más caritativo, afirmó que bastaría con ahorcarme. Bueno, amigos míos, reconozco que pensé que ése era el fin de mi existencia, pero no ocurrió así, porque, de repente, alguien se interpuso entre aquel grupo de airados justicieros y yo. Era el forastero, el extraño barbudo de las lentes ahumadas, y empuñaba con ambas manos sendas pistolas Mauser del calibre nueve.

El tiempo pareció detenerse. El forastero se mantenía inmóvil y silencioso mientras los clientes, sorprendidos, permanecían a la expectativa. Pero éstos eran casi un centenar y todos iban armados, así que los que se encontraban en las filas de atrás comenzaron a empuñar sus revólveres.

Fue entonces cuando el forastero empezó a disparar. Pero no a la gente, sino contra las lámparas de queroseno que, fijadas a las paredes, iluminaban el bar. El tipo tenía buena puntería, porque los quinqués saltaron hechos pedazos, el combustible se derramó y comenzó a arder. Y en apenas unos segundos se declaró un voraz incendio en el Salón Bombay.

A partir de ese momento ya nadie quiso matar a nadie y todo el mundo se concentró en salvar su propio pellejo, dirigiéndose velozmente a la salida en medio de un griterío. Yo estaba petrificado por la sorpresa. El forastero se acercó a mí, me cargó sobre un hombro como si fuera un saco de patatas, echó a correr y, de pronto, atravesamos un ventanal en medio de una lluvia de cristales rotos. Ya en el exterior, el extraño se apropió de dos caballos, me obligó a subir a uno y partimos inmediatamente a galope tendido.

Veinte minutos más tarde, tras asegurarse de que nadie nos seguía, el forastero se detuvo junto a un cañaveral para permitir el descanso de nuestras monturas.

—¿Quién eres?... —le pregunté.

Lentamente, el extraño se quitó las gafas ahumadas. Pese al tiempo transcurrido y a la barba que ahora le cubría el mentón, lo reconocí al instante.

Era Rasul Alí Akbar, el pasajero árabe.

***

Rasul me contó que, en cuanto hubo completado la tarea que tenía pendiente (fuera ésta la que fuese), se dirigió a Barranquilla en mi busca. Luego, cuando supo a qué me estaba dedicando, supo también que yo acabaría metiéndome en líos, así que decidió mantenerse en un discreto segundo plano, a la espera de que su intervención fuese necesaria.

—Dije que saldaría mi deuda contigo, Jaime —concluyó, inexpresivo—. Ya lo he hecho.

Volví la mirada hacia el Norte y contemplé el resplandor que enrojecía débilmente el horizonte. Supuse que era el incendio del Salón Bombay e intenté pensar con claridad. No podía volver a Barranquilla; si doña Caridad no me mataba, lo haría cualquiera de los clientes a quienes estafé. No sólo me había quedado sin hogar y trabajo, sino que también había conseguido granjearme un buen número de enemigos. Acto seguido, saqué una importante conclusión: yo era hábil e ingenioso, pero también débil. Qué demonios, sólo tenía quince años y estaba inmerso en un mundo violento en el que, dado lo arriesgado de mi ocupación, me iba a resultar muy difícil sobrevivir. Entonces comprendí lo que tenía que hacer. Me volví hacia Alí Akbar y, con la más inocente de mis sonrisas, le pregunté:

—¿Vas a volver a tu país, Rasul?

—No —contestó y, por toda explicación, agregó—: No puedo.

—¿Qué piensas hacer pues?

Alí Akbar se encogió casi imperceptiblemente de hombros. Y, entonces, yo me puse a hablar largo y tendido, mucho, por los codos, pero la idea que anidaba tras mis palabras era sencilla: iríamos a Cartagena y trabajaríamos juntos, él y yo, compartiendo las ganancias al cincuenta por ciento. En resumen, vine a decirle que, con sus músculos y mi cerebro, conquistaríamos el mundo. Recuerdo que Alí Akbar me miró fijamente y que, tras un prolongado silencio, declaró:

—Eres un muchacho raro, Jaime. Atraes los problemas como la miel a las moscas —hizo una pausa y, no digo que sonriese (Rasul parecía ignorar que los labios sirvieran para eso), pero una chispa de ironía brilló en sus negros ojos—. De todas formas —prosiguió—, de acuerdo: iré contigo a Cartagena.

Capítulo cuatro

En el que se narra mi encuentro con un loco, con una Biblia y con una joven, y donde, por fin, entra en juego la cruz de El Dorado.

Cartagena de Indias era como una niña bonita tumbada junto al mar, que sólo despierta al caer la noche para danzar con las olas. La ciudad fue fundada a principios del siglo XVI, junto a una amplia bahía, a la que llaman de las Ánimas, y está rodeada por tres lagunas, la de San Lázaro, la de Chambacú y la del Cabrero. Las casas de Cartagena conservaban todo el encanto de la época colonial y, dado que aquellas costas estuvieron infestadas de piratas —entre ellos el famoso Drake—, un sinfín de viejas fortificaciones españolas rodeaba el perímetro de la ciudad, desde el Fuerte de la Tenaza, por el Este, hasta la Fortaleza de Manzanillo, al otro lado de la bahía.

Y el ambiente que allí se respiraba... Ay, amigos míos, era mágico, turbador, excitante y calmoso a un tiempo. Todavía hoy, cuando cierro los ojos, puedo rememorar el revoloteo de trajes blancos y mantillas multicolores en torno a la catedral, los domingos, antes y después de la misa de doce. O la algarabía de las palanqueras, en los mercados, ofertando a voz en cuello papayas, granadillas, bananos o papas. O la sensual calidez de las noches cartageneras, con el rumor de las canciones surgiendo de patios perfumados por flores exóticas. Lástima que, como me suele ocurrir, yo acabara estropeándolo todo.

Lo primero que hice al llegar a Cartagena fue recorrer todos sus tugurios (y había muchos, puedo jurarlo), hasta encontrar el que me pareció más adecuado. Se llamaba Café Boyacá y era un antro espacioso, y no demasiado sucio, situado frente a la bahía, cerca del puerto. Su propietario era un griego gordo y sudoroso llamado Adamantios Zolotas y en el local, pese a su nombre, se servía de todo menos café. Pero lo realmente interesante es que en el Café Boyacá se celebraban, cada noche, largas partidas de póquer. El tipo que organizaba el juego se llamaba Augustus Campbell, un yanqui delgado y fúnebre como un sepulturero que estaba evidentemente conchabado con Zolotas, el dueño del bar. Él fue mi primer objetivo.

Antes de proseguir, permítanme unos breves comentarios acerca del póquer. La gente piensa que se trata de un simple juego de azar, pero no es así. Mi padre solía decir que el póquer es una ciencia y, también, un arte; pero, sobre todo, una cuestión de psicología. Yo nací con un don especial para el póquer. Crecí con una baraja en las manos y mi padre me instruyó en todos los secretos del juego. Voy a darles un consejo: mientras existan personas como yo, mejor será que se mantengan alejados de los naipes.

Pues bien, cierta noche, al poco de llegar a Cartagena, me presenté en el Café Boyacá acompañado de Rasul y me aproximé a la mesa donde Augustus Campbell estaba jugando a las cartas con otros dos tipos. Solicité entrar en la partida y el yanqui, con expresión suficiente, me dijo que ése no era un juego para niños, pero sus reticencias parecieron esfumarse como por ensalmo en cuanto puse sobre el tablero una bolsa con el dinero que había obtenido gracias a la ruleta. Inmediatamente dejé de ser un niño y fui admitido en la partida.

Al principio me mantuve a la expectativa, evaluando a mis contrincantes, como me había enseñado mi padre. Luego me puse serio y, en apenas una hora, desplumé a los otros dos jugadores. Campbell, puesto que era un profesional, me llevó algo más de tiempo. Cuando comprobó que por la vía legal no podía ganarme, comenzó a hacer trampas, pero yo también las hice, y mejor que él, así que acabé por arrebatarle hasta el último de sus centavos.

El yanqui se puso hecho una furia. Me acusó de tramposo —no le faltaba razón, pero él también lo era, ¿no es cierto?— y fue a por mí con evidentes malas intenciones. Entonces Rasul se situó a mi lado y le dirigió al yanqui una de sus terribles miradas. Siempre he pensado que los ojos de Alí Akbar resultan más amenazadores que los cañones de sus pistolas, así que Campbell decidió dejar la violencia para mejor ocasión y abandonó el local de muy mal humor. Entonces recogí mis ganancias, me aproximé a Zolotas, el dueño del bar, y le dije:

—Acabo de desplumar a su amigo el yanqui, y volveré a hacerlo cuantas veces juegue con él, igual que venceré a cualquier otro tahúr de tres al cuarto que venga a este bar. De modo que yo me enriqueceré y usted no verá ni un peso —hice una pausa para permitirle al griego asimilar mis palabras y agregué—: ¿Qué comisión le daba Campbell?

Zolotas, con su rollizo rostro sumido en la estupefacción, me miraba como si yo fuese un perro verde.

—El quince por ciento... —musitó.

—Muy bien. Pues si me concede a mí el monopolio del juego en su local, le daré el veinte por ciento de mis beneficios. Y, como muestra de buena voluntad... —puse el dinero que había ganado sobre la barra, lo dividí en dos partes iguales y aproximé una de ellas al griego—, aquí tiene el cincuenta por ciento de mis ganancias de hoy. ¿Acepta el trato?

Zolotas fijó los ojos en los billetes que yo había situado frente a él. Tras unos segundos de reflexión, se encogió de hombros, guardó el dinero en un bolsillo y dijo:

—El puesto es tuyo.

Y así fue cómo me convertí en el tahúr oficial del Café Boyacá. Oh, bueno, Augustus Campbell no aceptó de buen grado aquel cambio, por supuesto; de hecho, contrató en los muelles a un par de matones para que se ocuparan de mí. Desgraciadamente para ellos, en vez de dar conmigo tropezaron con Rasul, e ignoro qué ocurrió exactamente en ese encuentro, pero lo cierto es que los dos gorilas se largaron a toda prisa de Cartagena y jamás volvió a saberse de ellos.

Durante los meses siguientes me convertí en una leyenda. Jaime Mercader, el rey de los naipes, el Billy el Niño del póquer, el mejor jugador del Caribe. Los marineros yanquis que frecuentaban el Café Boyacá me pusieron un apodo: *Little Jim,* Pequeño Jim, y por ese nombre fui conocido desde entonces. El temible Alí Akbar, por su parte, pasó a ser el Sirio.

Y, atraídos por la leyenda, los clientes acudían en tropel al local de Zolotas, deseosos de ser los primeros en derrotar al imbatible Pequeño Jim. Ninguno lo consiguió jamás, pero eso no impedía que los parroquianos hicieran cola frente a mi mesa para darse el lujo de perder su dinero.

Reconozco que jamás he entendido por qué la gente disfruta jugando. Para mí el juego no es una diversión, sino un oficio, y el único disfrute que de él obtengo es el que se deriva de un trabajo bien hecho, nada más. Sin embargo, la gente parece dispuesta a perder nueve de cada diez jugadas con tal de saborear la emoción de un ocasional triunfo aislado, y los primos que se sentaban a mi mesa sudaban y se retorcían las manos, hechos un manojo de nervios, esperando que la siguiente jugada les trajera la fortuna que hasta entonces les había sido esquiva. Siempre he pensado que o son estúpidos, o están enfermos, y que si algún día yo sintiera algo así por el juego, no volvería a tocar una baraja en mi vida. Pero, en fin, yo no les fuerzo a hacer lo que hacen. Me limito a sacar provecho de sus debilidades.

Y el provecho era cuantioso, amigos míos. Rasul y yo alquilamos una bonita casa en el centro de la ciudad, frente al viejo Palacio de la Inquisición, e incluso nos permitimos el lujo de contratar un par de sirvientes. Uno de ellos era un muchacho de mi edad, un mestizo llamado Napoleón Martínez que se ocupaba de un variado número de quehaceres, y al que había que vigilar de cerca, pues se trataba de un pícaro redomado. Pero me caía bien, quizá porque en el fondo se parecía mucho a mí. El otro miembro del servicio era una gruesa mujer tan negra como el betún. Se llamaba Yocasta Massemba y cocinaba para nosotros, lavaba y planchaba nuestra ropa y aseaba la casa.

La negra Yocasta era todo un personaje. Había nacido en África, pero, siendo muy niña, fue capturada por un grupo de traficantes de esclavos y transportada a América como si fuera una mercancía. La compró un hacendado de origen español, Bartolomé Bustamante, un hombre de gran cultura que, a causa de una enfermedad degenerativa, se estaba quedando ciego. El señor Bustamante, por aquel entonces un joven veinteañero, ordenó que la niña Yocasta aprendiera a leer y escribir, para que cuando él perdiese del todo la visión ella se convirtiera en sus ojos.

Y así fue. Durante cuarenta años, Yocasta se dedicó cada día a leer para su amo. Incluso cuando la esclavitud fue abolida, ella pasó a cobrar un salario y siguió al servicio de la mansión. Leyó en voz alta centenares, miles de libros, y dado que no tenía ni un pelo de tonta, adquirió una cultura tan vasta como sorprendente. Su patrón había muerto recientemente, razón por la cual ella entró a servir en mi casa. Jamás sintió por mí el menor respeto y no perdía ocasión de burlarse de mi fatuidad y de mi juventud. Supongo que debía de haberla despedido, pero Yocasta era una mujer cultivada con la que daba gusto hablar, y además cocinaba el mejor sancocho[3] de pollo de toda Cartagena.

En fin, como decía antes, la fortuna parecía sonreírnos a Rasul y a mí. Pero entonces, corría el mes de junio de 1903, una vieja historia, la leyenda de la cruz de El Dorado, se interpuso en mi camino. Todo comenzó cuando conocí a un viejo borracho al que llamaban Tadeo el Loco...

***

Una noche, antes de dirigirnos al Café Boyacá, Rasul y yo dimos un paseo por la zona de los muelles. Yo vestía un traje blanco de impecable factura y me tocaba con un albo sombrero de ala ancha, lo cual se me figuraba el colmo de la elegancia, aunque lo cierto es que más bien me hacía parecer lo que realmente era: un tahúr petulante y fanfarrón. Para completar el cuadro, por aquella época me había dejado crecer un fino bigote del que, pese a su escasa frondosidad, me sentía particularmente orgulloso.

El caso es que paseábamos tranquilamente por el puerto cuando advertí que, cerca del espigón, tres fornidos marineros se dedicaban a patear, entre risas, el caído cuerpo de un pobre tipo. Agucé la mirada y me di cuenta de que se trataba del viejo Tadeo, un inofen-

3 Sancocho: cocido hecho a base de yuca, plátano verde, papa, mazorcas y carne o pescado.

sivo loco que solía merodear por los alrededores de la ciudad. En fin, aquello me pareció muy desagradable, de modo que le comenté a Alí Akbar que quizá sería oportuno intervenir. La fama de el Sirio debía de precederle, pues en cuanto le vieron, los tres marineros huyeron a toda prisa.

Tadeo el Loco tendría unos setenta años de edad, lucía una larguísima barba y sus canos cabellos le crecían, enmarañados, hasta la altura de los hombros. Por lo demás, apestaba a ron barato. Le pregunté si se encontraba bien y él me contestó con un incomprensible gruñido. Como parecía que no había sufrido más daños que unas cuantas contusiones superficiales, puse unas monedas en sus manos y le dije:

—Ande, abuelo, váyase a dormir, y tenga más cuidado con los extraños.

El pobre viejo se quedó de pie, tambaleante, contemplando perplejo el dinero que le había entregado, mientras yo me alejaba con indolencia, convencido de que ahí acababa todo, cuando, en realidad, el asunto no había hecho más que comenzar.

***

Al parecer, los cumpleaños siempre me traen algún regalo inesperado, porque dos días después de mi encuentro con Tadeo el Loco, el veintiuno de junio, la fecha en que se cumplía mi decimosexto año de estancia en el planeta, ocurrió algo que habría de cambiar mi vida.

Recuerdo que era de noche y llovía torrencialmente.

En el Café Boyacá apenas había una docena de parroquianos y, como ninguno de ellos parecía interesado en el póquer, ahí estaba yo, sentado a una mesa, sorbiendo displicentemente un refresco mientras hacía un solitario. Entonces, poco antes de la medianoche, se abrió bruscamente la puerta y Tadeo el Loco entró en el local. Estaba empapado, pero no borracho. Poseído por una extraña dignidad, impropia de un vagabundo demente, se aproximó a mí y dijo con voz profunda:

—Jaime Mercader: quiero jugar contra ti.

De soslayo, dirigí una irónica mirada a Rasul, que asistía indiferente a la escena.

—No tire su dinero, abuelo —contesté—. Ande, tómese una copa en la barra. Invito yo.

Tadeo el Loco sacudió la cabeza.

—No quiero beber. Quiero jugar contra ti.

Bueno, pensé, si él se empeñaba, sería una descortesía por mi parte negarme.

—De acuerdo, abuelo —accedí—. ¿A qué quiere jugar? ¿Póquer, truco, *rumy*, *blackjack?...*

—No conozco esos juegos diabólicos. Apostaremos a la carta más alta.

Me encogí de hombros, barajé los naipes y los desplegué sobre el tapete boca abajo, en abanico.

—¿Cuál es la apuesta? —pregunté.

Tadeo el Loco sacó del bolsillo una vieja Biblia y la dejó encima de la mesa.

—Ésta es la apuesta. ¿Cuánto vale para ti la palabra de Dios?

Sonreí como si todo aquello fuera una broma intrascendente, y puse un billete de cien pesos sobre el tapete. Tadeo el Loco contempló con desdén el dinero, cogió un naipe al azar y le dio la vuelta. Era la dama de diamantes. Yo le di un sorbo a mi zarzaparrilla, elegí una carta con aire despreocupado y la puse boca arriba. Siempre he tenido suerte en el juego: era el rey de tréboles. El viejo encajó la derrota con una enigmática sonrisa.

—Es la voluntad de Dios —dijo; luego clavó en mí su intensa mirada y prosiguió—: Eres un redomado pecador, Jaime Mercader, pero algo bueno debe de haber en ti cuando el Señor te ha escogido como vehículo de su justicia. Ahora serás tú quien se ocupe de restañar mis culpas —tendió la mano y empujó la Biblia hacia mí—. Quédatela, busca en San Marcos, descifra sus palabras y encontrarás el camino que conduce a la cruz.

—Vamos, abuelo —repuse con aire magnánimo—, no necesito su Biblia, quédesela. Y coja también el dinero.

—Ahora, la Biblia es tuya —repuso Tadeo el Loco—. En cuanto a mí, todo ha terminado ya, nada necesito —me señaló admonitoriamente con un sarmentoso dedo y agregó—: Busca la cruz, Jaime Mercader. Y cumple mi penitencia.

Dicho esto, se dio la vuelta y abandonó el Café Boyacá con la dignidad de un profeta caminando por el desierto. Apuré la zarzaparrilla, cogí la Biblia y me aproximé a Zolotas, que estaba tras la barra, fregando unos vasos.

—¿Cuánto vale para ti la palabra de Dios, Adamantios? —le pregunté burlón. Puse frente a él la Biblia y agregué—: Toma, éstos son tus beneficios de la semana.

Zolotas se echó a reír.

—Ah, no bromees con cosas de dinero, Pequeño Jim; es malo para mis nervios.

De todas formas, aquel griego codicioso cogió la Biblia y la guardó tras la barra. En cuanto a mí, volví a sentarme frente al tapete, comencé a hacer otro solitario y me olvidé por completo del asunto. Hasta el día siguiente.

Porque, al día siguiente, encontraron el cadáver de Tadeo el Loco colgando por el cuello de una cuerda.

***

La noticia del suicidio de aquel pobre viejo me afectó más de lo que cabía esperar. Apenas le conocía, durante meses le había visto pasear su locura por las calles de Cartagena y jamás le había prestado atención; sin embargo, ahora me sentía en parte responsable de su muerte. Quizá al ganarle esa vieja Biblia le despojé de lo único que tenía y eso le llevó a quitarse la vida. No parece muy lógico, pero ¿quién sabe lo que ocurre en la mente de un perturbado? El caso es que esos vagos remordimientos me llevaron a visitar el hogar del difunto Tadeo el Loco. Aunque el pobre desgraciado no se llamaba así, claro. La gaceta local había incluido la noticia de su muerte y revelaba que su verdadero nombre, según se averiguó por la documentación que obraba en su poder, era Tadeo Guevara y Ortiz.

El viejo vivía en las afueras, al sudeste de la ciudad, cerca de Chambacú, en una casa de adobe rodeada por un amplio y descuidado jardín vallado. Justo detrás del edificio descubrí el árbol que Tadeo había usado para ahorcarse. De hecho, una cuerda con un nudo corredizo colgaba todavía de una de sus ramas. Al pie del árbol había una tumba cubierta por una lápida de granito toscamente tallada. Sobre ella, alguien, quizá el propio Tadeo, había grabado a golpe de cincel: «ADELA ZURDO CORDEL».

Supuse que la tal Adela había sido la esposa de Tadeo Guevara, y que quizá su fallecimiento fue la causa de la locura del viejo. Luego, cuando Tadeo el Loco decidió quitarse la vida, lo hizo junto a la tumba, buscando en la muerte el modo de recuperar a su querida Adela. En fin, aquello sólo era fruto de mi imaginación, pero me pareció una historia bonita y romántica.

Permanecí unos instantes contemplando aquel melancólico sepulcro y luego me dirigí al hogar de Tadeo Guevara. Era una construcción de una planta con tejado de madera, a dos aguas, y paredes de adobe encalado. La puerta estaba entreabierta, de modo que empujé la hoja de roble, entré en la casa... y me quedé con la boca abierta.

Tadeo el Loco debía de haber sido un auténtico fanático religioso, porque las cuatro paredes de su hogar estaban absolutamente cubiertas de frescos que representaban motivos tomados de la vida de Cristo, componiendo una especie de Capilla Sixtina tropical. No parecía el trabajo de un pintor profesional, sino el resultado, un tanto infantil, del pincel de un aficionado, así que supuse que su autor había sido el propio Tadeo.

Me aproximé a una de las paredes y contemplé con incredulidad aquel enmarañado mosaico de estampas bíblicas: las Tentaciones de Jesús, el Sermón de la Montaña, la Resurrección de Lázaro... A la izquierda, cerca del techo, la Asunción de la Virgen María y, más abajo, la Adoración de los Reyes y el Juicio de Pilatos. Había centenares de imágenes multicolores, apretadas unas contra otras, mezclándose sin aparente orden ni concierto con párrafos extraídos de los evangelios. La verdad es que el conjunto, de tan abigarrado, resultaba un poco mareante.

Me aparté de la pared y eché un vistazo en derredor. Había un jergón, un par de sillas, una mesa, una alacena y un estante donde descansaba una docena de polvorientos volúmenes. Nada más. Me acerqué al estante y examiné los libros: un ejemplar de *El Quijote,* una geografía, una antología de relatos de Edgar Allan Poe, varios libros religiosos, una recopilación de los *Diálogos* de Platón y unos cuantos poemarios.

Por aquel entonces no resultaba nada fácil conseguir libros en Cartagena, pues sus habitantes eran, en su mayor parte, analfabetos, así que me apoderé de ellos. No lo consideré un robo, sino un rescate, pues de nada le servían ya al viejo Tadeo y lo más probable es que acabaran en la basura.

Abandoné la casa del difunto Guevara llevándome sus libros bajo el brazo y, aunque entonces no le di ninguna importancia, más adelante se demostró que aquella pequeña sustracción iba a resultar vital en mi camino hacia el desastre.

***

Por aquella época llevaba dos años y medio viviendo en Colombia. Si miraba hacia atrás, mi pasado en España me parecía remoto y extraño, e incluso la figura de mi padre comenzaba a desdibujarse en mi memoria. Yo era muy joven y para mí sólo existía un prolongado presente en el que nada más que lo inmediato tenía valor.

Y, con la misma celeridad que olvidaba mi pasado, el suicidio de Tadeo el Loco pasó a formar parte de los recuerdos perdidos. Hasta que una tarde, apenas veinte días después de la muerte del viejo, el asunto resurgió nuevamente, adoptando la forma de un rostro bonito, una silueta esbelta y un carácter endemoniado.

Se llamaba Antonia y aparentaba unos veinte años de edad. Tenía el pelo moreno y los ojos oscuros, y un rostro ovalado que parecía la cosa más linda del mundo cuando sonreía. Era una chica preciosa, no cabe duda, pero bajo el terciopelo de su belleza se advertía una voluntad de hierro, de eso me di cuenta nada más verla.

Apareció en mi casa una tarde, sin anunciarse. Yo acababa de despertar de la siesta cuando Yocasta llamó a la puerta de mi dormitorio y me anunció que tenía una visita. Bajé al salón y allí encontré a Antonia, sentada en una silla con la espalda muy erguida.

—¿Señor Mercader? —dijo ella, poniéndose en pie—. Disculpe que me presente así, tan de improviso, pero llegué ayer de Santa Marta y ando apurada de tiempo. No quiero molestarle, así que iré al grano. Se trata de mi abuelo.

—Su abuelo... —repetí, un poco tontamente.

—Mi difunto abuelo, para ser precisos. Pero permítame que me presente: soy Antonia Guevara, nieta de Tadeo Guevara, más conocido aquí, en Cartagena, por el desafortunado apodo de Tadeo el Loco.

—Tadeo el Loco... —repetí de nuevo.

—Eso es —me sonrió como lo haría un ángel—. Verá, señor Mercader; quedé huérfana a muy temprana edad y durante mucho tiempo pensé que carecía de toda familia, hasta que un día supe que el padre de mi padre, Tadeo Guevara, un pobre enfermo mental, había desaparecido hacía muchos años y nada se había vuelto a saber de él. Pero hace poco llegó a mis manos un periódico de Cartagena donde pude leer, asombrada, la noticia del suicidio de mi abuelo. Comprenderá el terrible golpe que supuso saber que mi único pariente había muerto en tan terribles circunstancias, de modo que decidí venir a Cartagena para ocuparme de darle cristiana sepultura y, de paso, para recuperar algunas de sus posesiones más íntimas y conservarlas como recuerdo. Por ejemplo, su Biblia.

—Su Biblia... —si seguía repitiendo las palabras de la chica acabaría por parecer un loro, así que agregué—: ¿Qué Biblia?

—He estado preguntando por ahí, señor Mercader, y me han dicho que la noche anterior a su muerte, mi abuelo fue al Café Boyacá y jugó a las cartas con usted. Apostó su Biblia. Y usted ganó —una nueva y encantadora sonrisa iluminó su semblante—. Quisiera recuperarla, señor Mercader, y estaría dispuesta a pagar por ella... digamos que cien dólares.

—Cien dólares... —repetí, sin poder evitarlo, por cuarta vez.

—Oh, de acuerdo. Doscientos y no discutamos más.

Abrió el bolsito que llevaba colgado del brazo y sacó un fajo de billetes. Entre tanto, yo me puse a pensar a toda velocidad. Mi padre solía decir: «Desconfía de los extremos, Jaime, hijo mío, porque son el refugio favorito de la mentira». Y aquella joven parecía extremadamente agradable, extremadamente sincera y extremadamente inocente, todo lo cual provocaba en mí un extremo recelo. Además, no me tragaba que alguien estuviese dispuesto a pagar doscientos dólares por la vieja Biblia de un familiar desconocido. Allí había gato encerrado, así que dije:

—Lo siento, señorita Guevara; sólo he hablado con su abuelo un par de veces y nunca jugué a las cartas con él, ni, por supuesto, recibí una Biblia suya.

Antonia enarcó una ceja.

—Pero me aseguraron que él le entregó una Biblia.

—Pues le han informado mal.

—¿Y tampoco le habló de una cruz?

Sacudí la cabeza. Antonia me miró entonces con fijeza, en silencio, y yo procedí a adoptar mi mejor expresión de póquer.

—¿Qué le pasa en la cara? —preguntó ella de pronto.

—¿Cómo?...

—Sobre el labio superior. Parece un sarpullido, o unas fungosidades...

Fruncí el entrecejo, sintiéndome francamente molesto.

—Es un bigote —dije con dignidad.

—Ah, un bigote... Bueno, señor Mercader, no

quiero hacerle perder su valioso tiempo. Si recuerda algo más acerca de la Biblia de mi abuelo, le ruego que me lo haga saber. Estoy hospedada en la Fonda Cartagena. Buenas tardes.

La acompañé a la salida y luego me dirigí al dormitorio, donde pasé unos segundos contemplándome en el espejo del lavabo. Muy a mi pesar, me vi obligado a reconocer que ese bigote del que tan orgulloso me sentía era un asco de bigote. Malhumorado, cogí jabón y navaja, y comencé a rasurarme. Mientras lo hacía, mi cerebro no cesaba de dar vueltas en torno a la misma pregunta: ¿por qué era tan importante esa Biblia?

Bueno, sólo había una forma de encontrar la respuesta, así que, nada más terminar el afeitado, me dirigí al Café Boyacá.

***

Adamantios Zolotas, cómodamente sentado a una de las mesas del café, me miró como si le estuviera preguntando por las llaves del Templo de Salomón.

—¿De qué Biblia hablas, Pequeño Jim?

—De la Biblia de Tadeo el Loco, maldita sea. Te la di hace tres semanas, cuando el viejo jugó a las cartas conmigo.

Zolotas meditó unos segundos, tan intensamente que el sudor comenzó a correrle a raudales por la frente.

—Ah, esa Biblia... —dijo al fin y, con un encogimiento de hombros, agregó—: No sé dónde está.

—¿Cómo que no lo sabes? Así que te hago un regalo y al cabo de unos días ya lo has perdido. Muy bonito, hombre.

—No te enfades, Pequeño Jim —sonrió bonachón el gordo cantinero—. Estará por ahí, búscala tú mismo.

El local se encontraba cerrado y desierto, así que me puse a rebuscar por todas partes, maldiciendo en tono cada vez más alto la falta de sensibilidad de Zolotas. Registré a conciencia cada rincón del café, pero hasta que bajé a la bodega no encontré la Biblia perdida. Estaba en el suelo, calzando un armario al que le faltaba una pata. Me abalancé sobre ella y la cogí de un tirón, lo cual provocó la ruidosa caída del mueble. Cuando regresé al salón, Zolotas me espetó:

—¿Y ese ruido? Si has roto algo, lo pagas, Pequeño Jim.

—¿A quién se le ocurre utilizar una Biblia para calzar un armario? —le contesté, agitando el libro frente a sus narices—. ¿Qué clase de sacrílego eres tú?

—Es una Biblia católica —se excusó Zolotas—, y yo soy cristiano ortodoxo.

—Un pagano, eso es lo que eres.

Eché a andar hacia la salida.

—Pequeño Jim —me contuvo Zolotas.

—¿Qué pasa?

—El bigote, te lo has quitado. Buena idea.

Le contemplé despectivamente y, tras mandarle al infierno, abandoné el local llevando bajo el brazo, como si fuera un tesoro, la misteriosa Biblia de Tadeo Guevara.

***

Al llegar a casa me encerré en el salón y procedí a examinar la Biblia. No parecía diferente a cualquier otra; estaba encuadernada en piel marrón y el papel de las hojas era muy delgado. En la primera página había un nombre escrito con cultivada caligrafía: Tadeo Guevara y Ortiz. Pasé las hojas rápidamente pero no descubrí ninguna otra anotación. No obstante, aquel libro tenía más de mil quinientas páginas, así que examinarlas una a una me iba a llevar un buen rato.

Entonces recordé lo que me dijo Tadeo el Loco: «Busca en San Marcos, descifra sus palabras y encontrarás el camino que conduce a la cruz». Hojeé raudo el Evangelio de san Marcos y no tardé en dar con una sorpresa. Allí, en un espacio en blanco situado al final del texto, Tadeo el Loco había escrito con pulcra letra: «LA CRUZ DE EL DORADO» y, más abajo, una larga serie de cifras:

«EAP-57-33-71-23-41-61-34-255-92-75-
27-83-67-23-102-54-189-285-142-57-109-3
3-26-255-54-83-96-255-109-81-116-121-38-
133-23-66-99-67-47-75-80-116-255-142-143
-67-23-77-130-27-86-109-80

103-189-66-102-23-27-99-55-66-121-168
-47-83-54-84-255-50-102-255-107-255-
33-99-86-133-75-34-26-109-80-143-101-99-
162-102-75-27-23-88-121-127-25.5»

Aquella, en apariencia, aleatoria serie de números no parecía tener ningún sentido. Sin embargo, eso de «la cruz de El Dorado» resultaba intrigante. Además, tanto Tadeo el Loco como su nieta habían mencionado una cruz. Así que, aunque no me hacía gracia reconocer mi ignorancia, le pregunté a Yocasta al respecto.

—La cruz de El Dorado es una leyenda, amo Jaime —me respondió (ignoro cómo, pero Yocasta siempre lograba que «amo Jaime» sonara a burla)—. Y yo no pierdo el tiempo con cuentos de viejas —prosiguió—. Pero si te interesa la mitología local, el párroco de Santo Domingo es un experto en la materia.

Acogí las palabras de mi negra sirvienta con un indiferente cabeceo, me alejé silbando despreocupadamente y, en cuanto la perdí de vista, partí como un rayo en dirección a la iglesia de Santo Domingo.

Capítulo cinco

Donde un misterio se resuelve para dar paso a otro enigma.

El padre Buenaventura, párroco de Santo Domingo, era un cincuentón, de trato agradable y cordial, que no puso reparo alguno en responder a mis preguntas. Me condujo a la pequeña sacristía, se instaló tras un viejo escritorio y reflexionó largo rato antes de preguntarme:

—¿Por qué te interesa la cruz de El Dorado, Jaime?

—Oh, bueno —adopté una expresión inocente—, alguien me habló de esa leyenda y sentía curiosidad.

El cura hizo una pausa y luego, tras un carraspeo, comenzó su relato:

—Supongo que habrás oído hablar de El Dorado, Jaime. Al principio, El Dorado fue un hombre, un caudillo indio que, al llegar el solsticio, era cubierto de polvo de oro y sumergido en las aguas de un lago. Quizá esta historia tenga algún fundamento, pero El Dorado no tardó en convertirse en una mítica ciudad empedrada en oro. Jamás existió, pero los españoles inventaban cosas como ésa, o como las Siete Ciudades de Cibola, para motivar a sus tropas. A partir del siglo XVI se organizaron numerosas expediciones con el objetivo de encontrar El Dorado, entre ellas las de Hohermuth, Federmann, Belalcázar, Von Hutten o Antonio y Fernando de Berrio.

—¿Y qué tiene que ver eso con una cruz? —le interrumpí.

—No te impacientes. En el año 1536 partió de Santa Marta una expedición capitaneada por Gonzalo Jiménez de Quesada, entre cuyos oficiales destacaba un joven teniente llamado Íñigo de Saavedra, con el objetivo de remontar el río Magdalena hasta encontrar sus fuentes. Un año más tarde, tras múltiples penalidades, los expedicionarios llegaron al lugar que hoy ocupa Bogotá y ahí se detuvieron. Durante su avance, Jiménez de Quesada le había arrebatado gran cantidad de oro y esmeraldas a los nativos, pero entonces tuvo noticias de que, más al Sur, en los llanos, existía una región llamada Menza donde un pueblo muy rico había construido un templo, dedicado al Sol, en el que se guardaban cuantiosos tesoros. Jiménez de Quesada intentó dirigirse allí, pero las inundaciones le hicieron desistir. Finalmente, en 1538, la expedición regresó a Santa Marta.

—¿Y la cruz? —insistí.

—Ahora llegamos a eso. El teniente Íñigo de Saavedra no olvidó la historia de ese lugar llamado Menza, que él relacionó con El Dorado. Nada más regresar a Santa Marta, Saavedra comenzó a buscar los medios para equipar una nueva expedición, y consiguió la ayuda financiera de los banqueros italianos Francesquini y Geraldini. A finales de año, Saavedra, convertido ya en capitán, partió con cuatrocientos hombres río Magdalena arriba, siguiendo más o menos la ruta de Jiménez de Quesada. Alcanzaron Bogotá y prosiguieron hacia el Sur, cruzando los llanos y adentrándose cada vez más en el interior. No encontraron Menza, o El Dorado, pero sí muchos pueblos indígenas, a los que, como había hecho Quesada, arrebataron todo su oro y sus piedras preciosas. Y continuaron su penosa marcha en dirección al Sur, hacia lo que hoy es Ecuador. Por aquel entonces, Saavedra había perdido a doscientos de sus soldados a causa de las enfermedades y de las refriegas con los indios. Cuando llegaron a la región de Huila fueron atacados por un gran número de indígenas a los que, tras cruenta batalla, vencieron, pero a costa de ver reducidas sus fuerzas a setenta y dos hombres. El propio Saavedra resultó herido y los expedicionarios tuvieron que buscar refugio en un poblado de los indios quimbayás, que los acogieron hospitalariamente. Pero Saavedra estaba muy enfermo y, presintiendo su fin, quiso ponerse en gracia con Dios mediante un exvoto muy especial: ordenó fundir el oro robado a los indios y fabricar con él una gran cruz a la que debían engarzarse las esmeraldas obtenidas en sus pillajes. Los quimbayás contaban con excepcionales orfebres que cumplieron a la perfección el encargo y fabricaron la espléndida obra que, más tarde, sería conocida como la cruz de El Dorado. Saavedra sanó de sus heridas y recuperó poco a poco la salud. Sus hombres quisieron entonces regresar a Santa Marta, pero el capitán se negó, aduciendo que aún no habían encontrado El Dorado. Convaleciente todavía, Íñigo de Saavedra se puso al frente de sus desmoralizados hombres y, llevándose consigo la cruz, prosiguió hacia el Sur. Luego, la expedición desapareció.

—¿Desapareció? —repetí como un papagayo, cada vez más interesado en el relato del sacerdote.

—Se esfumó en algún lugar situado entre los Andes y la jungla. Y nada más hubiéramos sabido de no ser porque dos de los hombres de Saavedra, Segundo García y Miguel de Oñate, sobrevivieron a los desastres que acabaron con la expedición y lograron regresar, en 1540, a Santa Marta. García murió al poco tiempo, víctima de la fiebre amarilla, pero Oñate vivió lo suficiente como para relatar lo sucedido. Tras abandonar el poblado quimbayá, los expedicionarios se internaron en una frondosa selva donde fueron, de nuevo, atacados por los indígenas, y se vieron forzados a emprender la huida. En aquel incidente murió la mayor parte de los españoles, pero algunos, no más de una veintena, encontraron refugio en un poblado de las montañas. Entre ellos se encontraba su capitán, que otra vez había sido herido en combate. Saavedra no tuvo tanta suerte en aquella ocasión, pues falleció a los pocos días. Según contó Oñate, construyeron un pequeño altar en una cueva cercana al poblado indígena, instalaron en él la cruz de El Dorado y pusieron a sus pies el cadáver de Íñigo de Saavedra. Tiempo después, los supervivientes intentaron regresar a Santa Marta, pero, como dije antes, sólo dos lo consiguieron.

—¿Y el tal Oñate no dijo dónde estaba la cruz?

—No. Al parecer, ni siquiera él mismo conocía su exacta localización, lo que no es de extrañar dada la abrupta orografía de aquellas tierras.

—La cruz de El Dorado —dije, tras reflexionar unos instantes—, ¿cómo es de grande?

—Para su construcción se emplearon diecinueve mil pesos de oro, es decir, unos ochenta y cinco kilos. La cruz medía dos metros de alto por uno y medio de ancho y estaba cubierta por trescientas esmeraldas de gran pureza. ¿Te parece eso lo bastante grande?

Reprimí los deseos de lanzar un silbido admirativo.

—¿Y nadie buscó después la cruz? —pregunté.

—Oh, sí, mucha gente. Durante los siglos XVI y XVII se organizaron numerosas expediciones en su búsqueda, pero jamás la encontraron.

—¿Y recientemente? ¿Alguien ha buscado la cruz a lo largo de los últimos años?

El padre Buenaventura me pidió que aguardara un momento y abandonó la sacristía, para regresar a los pocos minutos con un voluminoso libro que depositó sobre el escritorio. Hojeó aquel mamotreto durante un rato, hasta que, finalmente, pareció encontrar lo que andaba buscando.

—El último intento de encontrar la cruz —dijo, sin apartar los ojos del texto que estaba consultando—, al menos el último del que hay constancia, tuvo lugar hace treinta y dos años. En 1871, Simón Welser financió una expedición y la puso bajo el mando de tres hombres: el ingeniero Agustín Espejo, el cartógrafo Tomás López de Lara y el historiador Tadeo Guevara y Ortiz. Según parece, los expedicionarios se perdieron en la selva y nunca regresaron a...

Dejé de prestarle atención. Un montón de sirenas y campanas habían comenzado a resonar en mi cabeza. ¡Tadeo Guevara, Tadeo el Loco, había formado parte de una expedición destinada a encontrar la cruz de El Dorado! Y eso, amigos míos, arrojaba nueva luz sobre el asunto. Me incorporé como un resorte, le di las gracias al sacerdote por sus explicaciones y me excusé aduciendo que una vaga tarea hacía necesaria mi presencia en otro lugar.

—Tú eres ese muchacho al que llaman Pequeño Jim, el jugador, ¿no? —dijo el padre Buenaventura—. Supongo que ya sabes que la vida que llevas no es la más adecuada para alguien de tu edad. De hecho, no es adecuada para nadie. Pero no te voy a sermonear, descuida —me contempló en silencio unos segundos—. Veo en tus ojos la codicia, Jaime, y ése es uno de los pecados más peligrosos —suspiró—. Muchos buscaron la cruz de El Dorado antes que tú, y todos ellos fracasaron.

Fingí una risa y le aseguré que no me proponía buscar ningún tesoro, pero él no debió de creerme, porque me miró con tristeza y dijo:

—Si buscas en la cruz lo que ésta simboliza, hallarás un inmenso tesoro espiritual. Pero si sólo ves en ella su valor material, entonces estás perdido, Jaime, completamente perdido.

Asentí con la cabeza, musité una despedida y me largué de allí a toda prisa. Si hubiera hecho más caso a las palabras del padre Buenaventura, me habría ahorrado un sinfín de problemas, pero yo era joven y alocado, y, como perspicazmente adivinó el sacerdote, estaba poseído por la codicia.

***

De nuevo en casa, me encerré en mi dormitorio con la Biblia de Guevara. Tal y como yo veía las cosas, el viejo Tadeo sabía algo acerca de la fabulosa cruz de El Dorado y, fuera lo que fuese, pretendía transmitirlo mediante un mensaje cifrado. El problema es que aquella serie de números —noventa y cinco cifras, muchas de las cuales se repetían varias veces— no significaba nada para mí, como nada significaban las tres letras que figuraban al comienzo. ¿Qué demonios quería decir «EAP»? Era un galimatías sin sentido.

Estuve hasta bien entrada la noche intentando extraer algún significado a aquel rompecabezas numérico. Recuerdo que de vez en cuando, mientras permanecía con las narices sobre la Biblia de Guevara, notaba un débil aroma a limón, pero lamento confesar que no comprendí lo que eso significaba.

Finalmente, a las once de la noche, mi negra sirvienta entró en el dormitorio trayéndome la cena. Mientras dejaba la bandeja sobre la mesa, Yocasta advirtió lo que yo estaba haciendo y comentó:

—Me sorprende verte tan enfrascado en la palabra de Dios, amo Jaime —se fijó en la serie numérica y arqueó una ceja con ironía—. Ah, no; ya me extrañaba —señaló los números y agregó—: Eso es una clave criptográfica.

—¿Una qué?

—Criptografía, amito Jaime; del griego *criptós,*

oculto, y *graphos*, letra. La ciencia de confeccionar mensajes ocultos. Mi anterior amo, el señor Bustamante, que era un caballero cultivado, siempre mostró gran interés por el tema. De hecho, leí para él las obras de grandes criptógrafos, como Vigenère, el abad Tritemio, Auguste Kerckhoffs...

—Un momento, un momento —la interrumpí; cuando se ponía pedante no había quien la aguantara—. ¿Quieres decir que sabes cómo descifrar esto?

—Oh, no, amo Jaime; sólo soy una pobre negra sin educación —me miró con sorna—. Pero ese código secreto no parece muy complejo, ¿verdad? Se trata de un cifrado de sustitución en el que cada número corresponde a una letra.

—Pero aquí hay más números que letras en el abecedario —objeté.

—Claro, porque la cosa no es tan sencilla —Yocasta reflexionó unos instantes mientras contemplaba por encima de mi hombro el mensaje cifrado—. Yo diría —prosiguió—, que esos números representan las páginas de un libro.

—¿Qué?...

—Las páginas de los libros están numeradas, amito Jaime —dijo, en el tono que emplearía para hablar con un retrasado—. Y cada página contiene una parte del texto que, como es lógico, empieza por una letra. Para cifrar un mensaje de este modo basta con elegir un libro, uno cualquiera, y sustituir cada letra del mensaje por el número de una página que comience por esa misma letra. Es simple.

—O sea que, como este mensaje comienza por el

número 57, lo que hay que hacer es buscar en la página cincuenta y siete de la Biblia y tomar la primera letra del texto.

—Ah, no sé, amo Jaime —repuso Yocasta con sorna mientras abandonaba el dormitorio—. Yo sólo soy una negra ignorante y tú el hombre blanco, inteligente y culto.

Estaba tan entusiasmado que ni siquiera presté atención a sus sarcasmos. Cogí lápiz y papel y me lancé como un loco a sustituir los números de Guevara por las primeras letras de las páginas de la Biblia correspondientes. Unos minutos más tarde tuve que aceptar que ése no era el camino. El texto resultante comenzaba así: «IDDAMPDY», y el resto era igual de absurdo.

Apoyé los codos sobre la mesa y la cabeza en las manos. Puede que Yocasta se hubiera equivocado y ése no fuera el sistema de descifrado. O puede que el sistema fuese correcto, pero no así el libro de referencia. Entonces, pensé, si el texto que servía como clave para descifrar el mensaje no era la Biblia, tenía que ser alguno de los otros libros de Guevara. ¡Y esos libros los tenía yo!

Me dirigí como un rayo a la librería y examiné los volúmenes que me había llevado de la casa de Guevara. Eran doce; paseé la vista por *El Quijote,* la geografía, los poemarios... Me detuve en la antología de Poe y comprendí al instante que ése era el libro clave para descifrar el mensaje. ¿Cómo lo supe? Es fácil, ¿recuerdan la extraña palabra que figuraba al comienzo de la serie numérica? «EAP». Pues no era una palabra, sino unas iniciales. Las de Edgar Allan Poe.

Así que cogí la antología de relatos, regresé al escritorio y comencé a descifrar el mensaje secreto de Tadeo Guevara.

***

Y lo descifré, amigos míos. Estaba en lo cierto: el libro clave era el de Poe. Y, aunque la mayor parte del mérito correspondía a Yocasta, me sentía muy satisfecho por haber resuelto el misterio. Lo malo es que, una vez descifrado, el mensaje no parecía tener mucho sentido:

«EL CAMINO PARA LA CRUZ DE EL DORADO
ESTÁ TRAS EL MANTO DE LA VIRGEN.
BUSCAR EN SAN MARCOS COMO LEGRAND EN
EL ESCARABAJO.»

En principio, el mensaje estaba dividido en dos párrafos. El segundo era el más extraño, pues, tras leer de cabo a rabo el Evangelio de san Marcos, comprobé que allí no se hablaba de escarabajos ni, por supuesto, se hacía mención a ningún «Legrand».

Sin embargo, el primer párrafo parecía tener más sentido. Venía a decir: «Para saber dónde está la cruz de El Dorado tienes que mirar ahí». Pero «ahí» era tras el manto de la Virgen, y yo ignoraba a qué Virgen se refería Guevara.

Permanecí despierto hasta la madrugada, intentando resolver el misterio. Finalmente, cuando la cabeza comenzó a dolerme, me tumbé en la cama con la intención de descansar un rato y luego proseguir mi labor. Pero me quedé dormido al instante, aunque mi descanso se vio turbado por inquietantes sueños en los que números, Biblias y cruces de oro se mezclaban en extraña danza.

Desperté un par de horas después del amanecer, entumecido y con la boca seca. Mientras bebía un vaso de agua, me vino a la cabeza uno de los sueños que había tenido por la noche. En él, regresaba al hogar de Tadeo Guevara y me veía cruzando el jardín y entrando en la casa...

El vaso se deslizó entre mis dedos y se hizo añicos contra el suelo. Súbitamente despabilado, abrí la boca y exhalé una bocanada de aire. Acababa de descubrir cuál era la Virgen a que se refería el viejo Guevara en su mensaje.

***

Salí de casa sin detenerme a desayunar, aunque antes pasé un momento por el cobertizo de las herramientas para proveerme de un pesado martillo. Si tenía razón, lo iba a necesitar. Luego partí a toda prisa hacia la propiedad de Tadeo Guevara.

El lugar estaba desierto. Nada parecía haber cambiado desde mi anterior visita. Supongo que me encontraba demasiado excitado como para tomar las debidas precauciones, cosa que luego tuve que lamentar, de modo que me dirigí abiertamente a la casa, abrí la puerta y entré.

Al instante, me vi rodeado por la multitud de imágenes que Tadeo el Loco había pintado en las paredes de su hogar. Comencé a examinarlas con atención y descubrí que sólo una representaba a la Virgen. Estaba situada en lo alto, cerca del techo y en ella se veía a María ascendiendo a los cielos entre las ondulaciones de un manto escarlata. Pero, ¿qué había tras ese manto? Parecía un paisaje, aunque desde donde yo estaba no podía verlo bien. Aproximé una silla a la pared, me subí en ella y contemplé lo que Tadeo Guevara había pintado justo a la derecha del manto de la Virgen. No, no se trataba de un paisaje. Era un mapa.

El corazón comenzó a latirme tan deprisa que temí que fuera a saltar del pecho. Era un mapa de Colombia, no cabía duda. Ahí estaba el río Magdalena, y los Andes extendiéndose de Sur a Norte, y las ciudades de Neiva y Popayán. Más abajo, una fina línea roja marcaba el camino: comenzaba a la derecha de algo llamado Montaña de Azufre, seguía hacia el Sudoeste y luego se internaba en una zona verde que la elegante caligrafía de Guevara identificaba como Bosque de las Estatuas. Más adelante, la línea roja alcanzaba a un punto llamado El Búho y viraba hacia el Oeste, siguiendo el trazado de un río que se adentraba en las montañas. Al llegar a un lugar denominado La Pirámide, la línea giraba al Norte y se interrumpía en algo llamado Arco de Piedra, junto a un poblado cuyo nombre era Uiraracu. Y, justo ahí, podía verse el pequeño dibujo de una cruz dorada y verde, y un letrero que rezaba: «La cruz de El Dorado».

De no haber estado sobre una silla me hubiera puesto a bailar. Puede que Tadeo Guevara estuviese loco, pero había sido muy listo al ocultar ese mapa a la vista de todo el mundo, aunque perdido entre una infinidad de pinturas religiosas. Y yo había sido más listo aún al descifrar el enigma, qué demonios.

Entonces, una musical voz de mujer dijo a mis espaldas:

—¿Sabe que esto es una propiedad privada?

Me di la vuelta, sobresaltado, y vi a Antonia Guevara en el umbral de la puerta, los brazos en jarras y mirándome con aire suspicaz. Farfullé algo, no recuerdo qué, y Antonia avanzó unos pasos sin prestarme atención, con la vista fija en el mapa que yo había estado examinando.

—Vaya, vaya —comentó—, parece que ha encontrado usted algo interesante, señor Mercader...

No me lo pensé dos veces. Ahora que la fortuna había puesto un tesoro a mi alcance no iba a permitir que una advenediza me lo arrebatase. De modo que empuñé el martillo que había traído de casa y me lié a golpes con el mapa de Guevara. Antonia gritó y debo reconocer que, para ser una chica, actuó con gran contundencia. Se aproximó a la carrera, le dio una patada a la silla donde yo estaba subido y me derribó al suelo.

—¡Qué haces! —exclamé, mientras me frotaba las partes doloridas de mi anatomía—. ¡Estás loca!

—Loco tú —replicó ella—, que te has puesto a romper como un bárbaro las pinturas de mi abuelo.

Levantó la silla del suelo, se subió a ella y examinó en silencio el mapa de Guevara. Al llegar a la zona borrada a martillazos, apretó los puños, encajó la mandíbula, bajó de la silla y se aproximó a mí hecha una furia.

—¡Maldito seas! ¡Has destruido el último tramo del mapa!

Me sacudí el polvo de la ropa, fingiendo indiferencia.

—No sé de qué me hablas —repuse—. Había una araña en la pared e intenté matarla, eso es todo.

Antonia me dirigió una mirada asesina.

—Eres un mentiroso, un canalla, un ladrón y un saqueador. Esta casa es la herencia de mi abuelo; es mía, ¿entiendes?, mía. Así que dime lo que había en la parte del mapa que tú, maldito crío, has destrozado.

Le dediqué una afable sonrisa y contesté escuetamente:

—No.

Ella me miró de hito en hito durante unos segundos. De pronto, su expresión se tornó inesperadamente cordial.

—Conoces la historia de la expedición de Saavedra, ¿verdad? Y ahora estás pensado en quedarte para ti solo la cruz de El Dorado —sonrió—. Pero yo también conozco esa historia, Pequeño Jim (así te llaman, ¿no es cierto?), y si no me dices lo que había en el mapa, ¿sabes qué haré yo? Contarle a todo el mundo lo de la cruz, hablarles del mapa de mi abuelo y decirles que sólo tú, Jaime Mercader, conoces el secreto para encontrar el tesoro de Saavedra. Y ni ese guardaespaldas árabe tuyo podrá impedir que todos los aventureros y delincuentes de Cartagena se abalancen sobre ti para hacerte hablar. ¿Qué te parece? —hizo una pausa para permitir que el alcance de su amenaza penetrara en mi mollera y prosiguió—: Claro que eso sólo es una

opción. Otra alternativa sería que tú y yo llegáramos a un acuerdo. Me refiero a ser socios en la búsqueda de la cruz. A fin de cuentas, una débil mujer como yo necesitará a un hombre valiente y decidido como tú para recorrer el país de un extremo a otro. Además, yo ayudaría a financiar la expedición y, de paso, aportaría cierta información adicional de gran interés. ¿Qué me dices?

En fin, me tenía cogido. Si Antonia contaba por ahí lo que sabía, yo duraría menos que un cacahuete en una jaula de monos.

—¿Cuáles serían los términos de esa sociedad? —pregunté receloso.

—Oh, algo justo, por supuesto. Digamos que, siendo la única heredera de Tadeo Guevara, me corresponderá el setenta y cinco por ciento de las ganancias, y el otro veinticinco por ciento será para ti y tu amigo el árabe.

—Ni hablar —sacudí enérgicamente la cabeza—. Dividiremos las ganancias en tres partes iguales. Una para ti, otra para mí y otra para Alí Akbar. Y eso no es discutible.

Antonia se lo pensó unos instantes, asintió con un gracioso mohín y me tendió la mano.

—Socios —dijo mientras yo se la estrechaba—. Y, ahora, llega el turno de las confidencias. Empecemos por ti. ¿Qué había en la parte del mapa que has destruido? Lo último que se distingue ahora es La Pirámide. ¿Qué viene después?

Me aclaré la voz con un carraspeo y dije:

—A partir de La Pirámide hay que girar hacia el

Sur, hasta llegar a una gran cascada. Allí hay un poblado llamado Meta, que es donde se encuentra la cruz.

Vale, de acuerdo, era mentira. No había que seguir hacia el Sur, sino hacia el Norte, en lugar de una cascada había un arco de piedra y el pueblo se llamaba Uiraracu en vez de Meta; pero siempre es prudente guardarse un as en la manga, y Antonia se tragó el engaño de cabo a rabo. Sacó de su bolsito un cuaderno de notas y un lápiz, y copió con precisión el mapa de Guevara, añadiendo los falsos datos que yo le había proporcionado. Cuando acabó la tarea me dijo:

—Ahora, socio, coge el martillo y completa la destrucción del mapa. No queremos que nadie más lo vea, ¿verdad? Y, mientras lo haces, cuéntame cómo has llegado hasta aquí.

En fin, volví a subirme a la silla y, al tiempo que me liaba a martillazos con la pared, le conté a Antonia la historia del mensaje secreto que había encontrado en la Biblia de su abuelo. Cuando acabé, del mapa sólo quedaba un amasijo de adobe fragmentado. Entonces, sudoroso y cansado, le dije a la muchacha que había llegado su turno de dar explicaciones.

***

Según relató Antonia Guevara, su abuelo había estudiado Historia en Cuba, aunque nada más dejar la Universidad se trasladó a Santa Marta, una ciudad de la costa del Caribe situada a doscientos kilómetros de Cartagena. En 1871, mientras investigaba en los archivos del Ayuntamiento, Tadeo encontró un documento inesperado. Se trataba de una carta de Miguel de Oñate, el único superviviente de la expedición de don Íñigo de Saavedra.

Al parecer, aunque había fingido ignorar dónde estaba la cruz de El Dorado, lo cierto es que el tal Oñate tenía muy claro cómo llegar a ella, y si no dijo nada al respecto fue porque pensaba organizar él mismo una expedición para recuperarla. Proyecto que nunca pudo cumplir, porque enfermó de paludismo y murió en 1541; pero antes escribió una carta contándoselo todo a su hermano, que vivía en España. Oñate murió, y su carta, en vez de cruzar el océano, quedó perdida entre diversos legajos sin importancia.

Hasta que, tres siglos después, cayó en manos de Tadeo Guevara. El historiador comprendió al instante la importancia de ese documento y decidió emprender la búsqueda de la cruz de El Dorado. La ayuda financiera le llegó por parte de un turbio hombre de negocios llamado Simón Welser.

La expedición, comandada por Tadeo Guevara, Tomás López y Agustín Espejo, partió de Santa Marta en julio de 1871. Jamás volvió a tenerse noticia alguna de ella y, un año más tarde, se la dio definitivamente por perdida. Pero, a finales de 1872, aconteció un suceso extraordinario: Tadeo Guevara regresó a su casa de Santa Marta. Al parecer, el hombre estaba demacrado, enfermo y perturbado, como si hubiera sufrido multitud de penalidades. Habló con su esposa y, entre medias de sus delirios, le contó que habían encontrado la cruz de El Dorado, pero que una amenaza imprecisa acabó con las vidas de sus compañeros. Luego, apenas una semana después de su retorno a Santa Marta, Tadeo Guevara desapareció de nuevo y no volvió a saberse de él hasta que, treinta años más tarde, un periódico de Cartagena dio la noticia de su muerte.

—Todo eso está muy bien —observé—, pero no parece demasiado importante.

Ella me miró con abierta ironía.

—Eso sólo es el aperitivo, querido socio. La información más interesante viene ahora. ¿Cuándo pensabas ir en busca de la cruz?

La verdad es que no había pensado nada al respecto, así que improvisé sobre la marcha.

—Supongo que dentro de uno o dos meses, antes de la temporada de lluvias.

Antonia negó con la cabeza.

—No vamos a disponer de tanto tiempo, pequeño Jaime. ¿Recuerdas que la expedición de mi abuelo fue financiada por un tal Simón Welser? Pues se trata del difunto padre de Tobías Welser. ¿Te suena el nombre?

Claro que me sonaba. Los piratas que causaron el naufragio del *Covadonga*, ¿recuerdan?, estaban al servicio de ese canalla. Además, Tobías Welser, cuyo cuartel general se encontraba en Santa Marta, tenía fama de estar detrás de gran parte de las actividades delictivas del Caribe.

—¿Qué pasa con Welser? —pregunté.

—Que conoce la historia de la cruz de El Dorado, eso pasa. Su padre se la contó antes de morir, y Tobías se obsesionó con la idea de encontrar la cruz. Así que, más temprano que tarde, acabará enterándose de que Tadeo Guevara se ha suicidado en Cartagena, donde llevaba treinta años viviendo. Entonces, Welser se presentará aquí, hará averiguaciones y luego nos arrancará las orejas a ti y a mí. De modo, pequeño Jaime, que será mejor que salgamos en busca de la cruz antes de una semana.

—Un momento —la interrumpí—. ¿Qué significa ese plural? Tendrás tu parte de los beneficios, pero no vendrás en la expedición. Es un viaje muy peligroso, compréndelo, totalmente inadecuado para una muchacha.

—También es inadecuado para un chiquillo y tú vas a ir —replicó ella con sorna—. No, Jaimito, que seamos socios no quiere decir que me fíe de ti. Iré en la expedición, no lo dudes, y no te quitaré la vista de encima.

Reconozco que empezaba a arrepentirme de haberme asociado con una joven tan insoportable. Alcé un dedo y le advertí en un tono que a mí se me antojó pletórico de dignidad:

—No me llamo «pequeño Jaime», ni «Jaimito». Mi nombre es Jaime Mercader, ¿está claro?

—Te llamaré «don Jaime», si lo prefieres —dijo Antonia mientras se dirigía a la puerta—. Pero déjate de chiquilladas y vámonos, que tenemos mucho que hacer.

Ella abandonó la casa y yo me quedé unos segundos allí, sintiéndome un perfecto imbécil. Al parecer, pensé con desánimo, una nueva reina del sarcasmo había decidido unirse al club de admiradoras de Jaime Mercader que presidía mi sirvienta Yocasta.

Capítulo seis

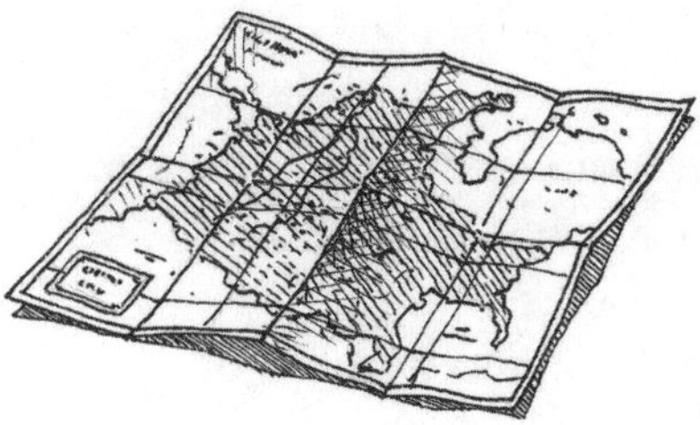

En el que se narra el fin de una vieja sociedad y donde entran en escena el asesino de mi padre y un misterioso tuerto.

Lo primero que hice fue poner al tanto del asunto a Alí Akbar. Aquella misma tarde me reuní con él en el salón de nuestra casa y le conté la historia de la cruz de El Dorado, así como mi descubrimiento del mapa que el viejo Tadeo pintó en la pared y la posterior intervención de Antonia Guevara. Nada más concluir el relato, extendí un mapa de Colombia sobre la mesa y le señalé el itinerario que debíamos seguir para encontrar el tesoro de Saavedra.

Alí Akbar me escuchó en silencio, inexpresivo, como era su costumbre. Cuando terminé de hablar permaneció unos segundos pensativo. Luego, señaló una zona verde situada en la parte inferior del mapa, al pie de las montañas, y preguntó:

—¿Qué es esto?

Aquella cartografía no era muy precisa, así que contesté:

—Creo que una selva.

—Pero no distingo caminos, ni senderos. Sólo veo una mancha verde. ¿Cómo atravesarla sin saber lo que hay ahí?

—Tengo el mapa de Guevara en la cabeza, con todos los detalles. La Montaña de Azufre, el Bosque de las Estatuas... Si hace falta, conseguiremos un guía. Será fácil, Rasul, un juego de niños.

Alí Akbar sacudió la cabeza.

—Hay que cruzar el país de un extremo a otro, y eso será peligroso. Luego, habrá que internarse en una selva apenas explorada y, después, subir a las montañas. Peligroso también. Y todo por un tesoro que quizá ni siquiera exista.

—¡Claro que existe, Rasul! La expedición de Saavedra es historia, y la cruz de El Dorado también.

—Poco importa si hay un tesoro o no. El problema es que estás obsesionado con él, y las obsesiones son malas —suspiró con pesadumbre—. No persigas una quimera, Jaime, porque la quimera acabará por devorarte.

—Esa cruz vale millones. Cuando la encontremos seremos increíblemente ricos, Rasul. Ocasiones como ésta se presentan una vez en la vida, y no pienso desperdiciarla.

Alí Akbar guardó silencio largo rato.

—Has elegido tu destino, y lo respeto —dijo, al fin—; pero lo que tú deseas no es lo que yo deseo, así que nuestros caminos se bifurcan aquí. Rezaré para que tengas la mejor de las suertes, Jaime, pero yo no te acompañaré esta vez. Que Alá te proteja.

En fin, amigos míos, intenté convencerle de que

cambiara de idea, pero Rasul era terco como una mula y todo lo que obtuve de él fue una constante negativa. Al día siguiente, recogió sus cosas y abandonó la casa que habíamos compartido hasta entonces.

Aquello me desmoralizó. Rasul era mi mejor amigo, quizá el único que tenía, pero no se trataba sólo de eso. Yo sabía que gran parte de mi éxito en el juego se debía a él. Cada vez que algún contrincante, ofuscado por la derrota, intentaba ponerse desagradable conmigo, Alí Akbar estaba allí para defenderme. Por lo general, bastaba con su candente mirada para solucionar el problema, pero en más de una ocasión tuvo que recurrir a los puños, o a las Mauser que siempre llevaba encima. Yo era un excelente tahúr, pero si había sobrevivido hasta entonces era gracias a que Rasul me guardaba las espaldas.

Por eso, cuando se fue me sentí huérfano por segunda vez. No obstante, era joven, imprudente y alocado, y la perspectiva de encontrar el fabuloso tesoro de Saavedra me excitaba de tal modo que pronto perdí de vista lo vulnerable que era yo por aquel entonces.

***

Preparar y equipar una expedición no es tarea baladí. Tuve que invertir en el proyecto la totalidad de mis ahorros, y eso teniendo en cuenta que Antonia Guevara aportó una cantidad similar. Pero el asunto era más complejo de lo que en un principio parecía.

El primer tramo del trayecto lo realizaríamos a través del río Magdalena, pues ése era el medio más rápido para viajar al centro del país. Así que me dirigí a

Calamar, un pueblo situado a orillas del río, no muy lejos de Cartagena, y contraté un pequeño vapor fluvial cuyo capitán, un viejo llamado Benigno Tapioca, me aseguró que podía trasladarnos a Barrancabermeja, cerca de Bucaramanga, en poco más de una semana.

Pero el medio de transporte no era el único problema. Teníamos que ocuparnos de comprar provisiones, herramientas, ropa adecuada y armas, así como de atender a una lista de pequeños detalles que parecía no tener fin. Además, todo ello debíamos hacerlo deprisa y sin despertar sospechas, ya que en Cartagena abundaban los oídos indiscretos. Por esa razón, en vez de comprar allí las provisiones, envié a mi criado Napoleón a Barranquilla —lugar donde, como saben, yo no podía poner los pies—, con el encargo de adquirir el avituallamiento necesario. Napoleón regresó al cabo de dos días y, junto con las provisiones, trajo una extraña noticia.

—Un tipo anda preguntando por usted en Barranquilla, patrón —me dijo mientras yo revisaba sus cuentas, convencido de que me había sisado.

—¿Un tipo? —pregunté distraídamente—. ¿Quién?

—No sé, patrón; un tuerto muy mal encarado. Dicen que es uno de los hombres de Juan Rackham.

Aparté la vista de las facturas y contemplé estupefacto a Napoleón. Aquello era muy alarmante, porque Juan Rackham, descendiente de un antiguo filibustero del siglo XVII apodado El Calicó, había seguido los pasos de su antepasado, convirtiéndose en uno de los últimos piratas del Caribe, un personaje cruel, sanguinario y terrible.

—¿Un pirata ha preguntado por mí? ¿Cómo se llama?

—Ni idea. Le dicen Unojo, pero debe de ser un apodo.

«Qué poca imaginación, llamarle Unojo a un tuerto», pensé.

—¿Pero cómo es? —insistí—. ¿Y con quién ha hablado?

Napoleón se encogió de hombros.

—Le vi de lejos, patrón, no sé qué decirle. Llevaba un parche en el ojo izquierdo y daba un poco de miedo —se rascó la cabeza—. En cuanto a hablar, habló con mucha gente, siempre preguntando por usted. Por ejemplo, estuvo de charla con doña Caridad Santos, que ha vuelto a abrir el Salón Bombay.

Aquello era de lo más preocupante. ¿Qué demonios quería de mí ese pirata tuerto? Nada bueno, tratándose de un hombre de Rackham. Sólo se me ocurrían dos alternativas: o ese tipo era un asesino a sueldo contratado por alguno de los clientes del Salón Bombay a quienes estafé, o bien se trataba de un enviado de Tobías Welser.

De cualquier forma, el misterioso tuerto no tardaría en dar con mi rastro y, cuando eso sucediera, mejor sería estar lo más lejos posible de Cartagena.

***

Cuando le conté las novedades traídas por Napoleón, Antonia Guevara se mostró de acuerdo en emprender viaje lo antes posible.

—Si ese tuerto —comentó— trabaja para Welser, el propio Welser se presentará aquí en breve. Debemos marcharnos.

Aunque no parecía del todo convencida. Al saber que Rasul no participaría en la expedición, Antonia se había debatido entre dos sentimientos contrapuestos: por un lado, al ser menos a repartir, su porcentaje sobre el tesoro aumentaba, lo cual le parecía de perlas; pero por otro, ella hubiese preferido que un hombre de acción como Rasul le cubriese las espaldas. Bueno, yo también, pero no siempre se puede tener todo.

—Partiremos mañana —decidí—. Tú te irás con Napoleón esta misma tarde. Llevaréis a Calamar el carro con los pertrechos y os ocuparéis de que sean embarcados en el vapor de Tapioca. Yo me uniré a vosotros mañana por la tarde.

Antonia me contempló con burlón escepticismo.

—¿Desde cuándo estás al mando, muchachito? —preguntó, vagamente divertida—. Ni loca voy a perderte de vista.

Aquella chica me sacaba de quicio.

—Todavía tengo cosas que hacer en Cartagena —repuse—, por eso me quedo. Pero si queremos partir cuanto antes, alguien deberá ocuparse de cargar los pertrechos en el barco. Además, maldita sea, serás tú la que esté a bordo. No podré darte esquinazo, a menos que decida cruzar el país andando y sin víveres.

Supongo que fui lo suficientemente razonable como para vencer su desconfianza, porque Antonia acabó aceptando mi plan y aquella misma tarde, acompañada por Napoleón, partió hacia Calamar con el carro de los pertrechos.

Y yo me quedé solo en Cartagena. Admito que, por un momento, acaricié la idea de darle esquinazo y buscar por mi cuenta la cruz, pero no encontré un modo viable de hacerlo, así que me resigné a seguir manteniendo la sociedad que me unía a Antonia Guevara.

***

Al día siguiente salí temprano de casa, dispuesto a ocuparme con diligencia de mis quehaceres. En primer lugar, me dirigí a una zapatería situada cerca del puerto, donde había encargado unas botas a la medida. Era un excelente calzado de negra piel de becerro que me había costado una fortuna. Como la zapatería se encontraba cerca del Café Boyacá, dejé allí las botas, advirtiéndole a Adamantios que cuidara de ellas, y luego fui a resolver ciertos asuntos.

Tenía que cobrar unas cuantas deudas de juego pendientes, pues con tantos gastos andaba corto de efectivo. La tarea me llevó un par de horas, al cabo de las cuales fui en busca de Alí Akbar. Quería despedirme de él, pero al parecer Rasul había desaparecido de Cartagena sin dejar rastro. Finalmente, a media mañana, regresé a casa. Aún no le había dicho a Yocasta que me proponía estar fuera de Cartagena una temporada y, además, tenía que dejarle algo de dinero. La encontré en el patio, ocupada en tender la colada.

—Una visita te espera en el salón, amo Jaime —me dijo al verme llegar.

—¿Quién es? —pregunté extrañado.

Yocasta se encogió de hombros.

—No ha querido decir su nombre. Se trata de un caballero tuerto, yo diría que de aspecto escasamente distinguido.

Sentí que el corazón me daba un vuelco.

—¡Un tuerto! ¿Quieres decir que hay un tuerto en mi casa?

Sorprendida por mi reacción, Yocasta dejó de tender.

—Preguntó por ti, amo Jaime, y le hice pasar al salón. Ya sé que dicen que los tuertos traen mala suerte, pero un sabio hombre blanco como tú no debería creer en esas... —interrumpió el sarcasmo al advertir la palidez de mi rostro—. ¿Pasa algo, Jaime? —preguntó.

¿Que si pasaba algo? Mi cuello estaba en juego, eso pasaba.

—No le digas a ese hombre que me has visto. Si te pregunta, no sabes nada de mí —saqué del bolsillo un fajo de billetes y se lo entregué—. Voy a estar fuera una temporada, quizá dos o tres meses.

Perpleja, Yocasta miró alternativamente al dinero y a mí.

—Pero... ¿Adónde vas?

—Eso no importa, no importa —contesté mientras comenzaba a alejarme, e insistí—: No le digas al tuerto que me has visto.

Me largué, a toda prisa, con la intención de montar en mi caballo y partir a galope tendido hacia Calamar. Pero entonces me acordé de las botas que había dejado en el Café Boyacá. Eran unas botas estupendas y no quería perderlas, así que, antes de irme, di un pequeño rodeo para recuperarlas. Apenas tardé unos minutos en llegar. A aquellas horas, el café todavía no estaba abierto al público. Entré a toda prisa y...

Sucedió en menos tiempo de lo que lleva contarlo. Dos tipos rudos aparecieron de repente, me agarraron por los brazos y me llevaron a rastras al interior del local. Allí estaba Adamantios Zolotas, encogido de miedo, y una docena de hombres bien trajeados, pero de aspecto francamente amenazador, entre otras cosas porque iban armados hasta los dientes. Uno de ellos, un tipo alto, de unos cuarenta años, con largas patillas que se unían a un frondoso bigote, me miró con curiosidad.

—Me llamo Tobías Welser —dijo, como si en vez de un nombre estuviese escupiendo una amenaza—. ¿Eres tú Jaime Mercader?

***

¿Alguna vez han experimentado esa clase de miedo que le deja a uno paralizado, con un nudo en la garganta e incapaz de pensar, hablar o tan siquiera respirar? Pues así me sentía yo, porque delante de mis narices estaba uno de los hombres más peligrosos de América, el causante de la muerte de mi padre. En fin, supongo que habrá situaciones peores, pero yo no lograba imaginar ninguna.

—Oh, no, se confunde —contesté con fingida inocencia—. Yo no soy Jaime Mercader. Me llamo Matías Pérez y venía a...

Welser me interrumpió con un gesto y le dirigió a Zolotas una inquisitiva mirada. Y aquel seboso y cobarde griego asintió rápidamente con la cabeza, al tiempo que decía:

—Es Pequeño Jim, señor Welser. Lo conozco bien.

—Vaya, vaya, vaya... —Welser me dedicó una sonrisa nada simpática—. Así que tú eres el famoso Jaime Mercader... Bien, Jaime, vamos directos al grano. Supongo que ya conoces la historia de la cruz de El Dorado, y estarás al tanto de que la expedición de Tadeo Guevara estuvo financiada por mi padre. Comprenderás, por consiguiente, que la cruz, en justicia, pertenece a mi familia —hizo una pausa y prosiguió—: Ahora te voy a decir lo que sé a ciencia cierta. Sé que, antes de morir, Tadeo Guevara habló contigo y te entregó una Biblia. Sé que te has estado viendo con una zorra llamada Antonia. Sé que has comprado gran cantidad de víveres y pertrechos, como si fueras a emprender un largo viaje. Sé, por último, que la casa de Guevara está repleta de pinturas, y que una de esas pinturas ha sido recientemente destruida. Eso es lo que sé. Pero hay algo que ignoro: ¿qué había en esa pintura, un mapa?

Compuse la más tierna de mis sonrisas y contesté:

—Está confundido; no sé nada de ninguna cruz ni...

Súbitamente, la mano derecha de Welser apareció armada con un enorme machete, cuyo filo se incrustó contra mi cuello.

—No juegues conmigo, muchachito —me susurró al oído—, porque si lo haces te cortaré la nariz, las orejas, los párpados y los labios. Convertiré tu joven y agraciado rostro en una máscara horrible, ¿comprendes? Las mujeres apartarán con asco la mirada y los niños se echarán a llorar cuando te vean pasar por la calle —contuvo el aliento—. Sólo te lo preguntaré una vez más: ¿qué había en esa pintura?

Hay que tener en cuenta, amigos míos, la situación en que me encontraba. Estaba rodeado de pistoleros y con un sádico delante que amenazaba con transformar mi cara en un plato de espaguetis a la boloñesa. Llámenlo cobardía si quieren, pero en aquel momento me pareció que lo más aconsejable era mostrarse colaborador.

—Vale, vale, vale, vale, vale... —repuse con viveza—. No hay por qué recurrir a la violencia. Podemos hablar como personas civilizadas, ¿no es cierto? La pintura de Guevara era un mapa, en efecto. Indicaba el camino para encontrar la cruz de El Dorado. Antonia y yo pensábamos ir en su busca; pero yo no sabía que la cruz le pertenecía a usted, créame...

—¿Y Antonia? ¿Dónde está?

—En Calamar —era una traición revelarle aquel dato, pero el pánico me había soltado la lengua—. He de reunirme con ella hoy, en un vapor que hemos alquilado...

—Volvamos al mapa —me interrumpió Welser—. ¿Cómo se llega a la cruz?

—Hay que seguir el trazado del río Magdalena hasta la región de Huila, y luego virar hacia el Sudoeste, en dirección a Pasto...

—Detalles, niño, detalles —exigió Welser, impaciente.

—Sí, claro, detalles —accedí, totalmente entregado—. Hay que llegar a la Montaña de Azufre y luego internarse en una selva llamada Bosque de las Estatuas, y... Si me soltaran, les haría un dibujo...

Yo sabía que sólo un inusitado golpe de fortuna podría salvarme de aquel embrollo. No confiaba mucho en que tal cosa llegara a suceder, pero sucedió.

—Dejad libre al chico —dijo una voz seca y profunda.

Todos volvimos, sorprendidos, los ojos hacia la entrada. Y allí estaba Alí Akbar, empuñando sus dos pistolas. ¡Dios mío, cómo quería a ese hombre! Sus apariciones siempre eran algo teatrales, pero, de no ser por los dos matones que me tenían sujeto, le hubiera besado allí mismo. El problema es que los hombres de Welser no se quedaron quietos y apenas tardaron un segundo en volver sus armas contra mi amigo. Pero Rasul se mantuvo imperturbable. Tanto sus ojos como los cañones de sus pistolas estaban centrados en Welser.

—Tú eres Alí Akbar —dijo éste—, el guardaespaldas del chico. ¿Cuánto te paga? No importa, yo te ofrezco el triple si trabajas para mí.

—No estoy en venta —contestó Rasul—. Suelta al muchacho.

Welser sonrió despectivamente.

—Mis hombres te están apuntando. ¿Crees que lograrás salir vivo de aquí?

—Tu gente puede matarme, pero no impedir que antes te dispare. Yo ya estoy muerto, Welser, pero tú también lo estás —hizo una larga pausa—. Aunque existe una alternativa: ordena a tus hombres que tiren las armas y te juro por Alá que respetaré tu vida.

Welser profirió una carcajada.

—Nadie va a tirar ningún arma —repuso, desafiante.

Los ojos de Rasul parecieron relampaguear.

—Entonces —susurró—, ponte en paz con tu Dios, porque hoy vamos a morir.

¿He hablado ya de la mirada de Alí Akbar? Le ponía a uno los pelos de punta. Pues bien, en aquel momento, esa terrible mirada dejaba muy claro que a Rasul le importaba un bledo que le cosieran a tiros, siempre y cuando antes pudiera llevarse por delante a Tobías Welser. Y éste debió de comprenderlo tan claramente como yo, porque al cabo de unos segundos de intenso debate interior ordenó:

—Tirad las armas...

Los pistoleros se miraron entre sí, desconcertados, y luego, con evidente renuencia, dejaron caer al suelo la abundante artillería que llevaban encima.

—Detrás de la barra hay una trampilla que conduce a la bodega —indicó Rasul—. Id allí.

Zolotas avanzó unos pasos, secándose el sudor con un sucio pañuelo.

—Oh, Alí Akbar —dijo el muy chaquetero—, gracias por venir a rescatarnos...

—Tú vas con ellos, Adamantios —contestó Rasul sin mirarle—. No me fío de ti.

Uno a uno, aquellos tipos fueron bajando los escalones que conducían a la bodega. Cuando entró el último, estaban tan apretados como sardinas en una red. Antes de que cerráramos la trampilla, Welser, ciego de ira, le dijo a Alí Akbar:

—Volveremos a vernos, moro; volveremos a vernos.

Rasul cerró la trampilla de golpe y volcó una pesada alacena llena de vasos sobre ella.

—Rasul, yo... —comencé a decirle.

Me interrumpió con un gesto y ordenó:

—Vámonos. Ya.

Así que nos dirigimos a toda velocidad hacia la salida, pero entonces recordé algo y me detuve en seco.

—¿Qué haces, Jaime? —me urgió Rasul.

A mis oídos llegaba el fragor de los golpes que daban los hombres de Welser intentando salir de su encierro. Eché a correr hacia el fondo del local y saqué mis botas nuevas del armario donde las había guardado. Luego regresé junto a Rasul y ambos salimos disparados hacia la calle, montamos en nuestros caballos y nos alejamos a galope tendido. Nada más traspasar las lindes de la ciudad escuchamos el lejano sonido de unos disparos, pero ni Rasul ni yo volvimos la vista atrás. Teníamos demasiada prisa.

***

Cabalgamos sin descanso hasta llegar a Santa Rosa, un pequeño pueblo situado quince kilómetros al este de Cartagena. Una vez allí, bajamos de nuestras monturas y permitimos que los caballos recuperaran el resuello.

—Creo que los hemos despistado —dijo Alí Akbar, mirando en lontananza.

Me sentía tan feliz (y sorprendido) de continuar vivo que todavía no le había agradecido a Rasul su temerario rescate, así que me aproximé a él y apoyé una mano en su hombro.

—Gracias —musité—; me has salvado la vida.

—Eso ya se está convirtiendo en una costumbre, Jaime.

Lo dijo con toda seriedad, pero lo tomé como una muestra de su peculiar sentido del humor. Entonces recordé algo.

—Hay un pequeño problema, Rasul —dije.

—¿Otro más?

—Tenemos que ir a Calamar. Allí me esperan Antonia y Napoleón, en el barco que vamos a utilizar para el viaje.

—¿Todavía quieres buscar ese tesoro?

—Es que... —noté cómo el rubor enrojecía mis mejillas—. Bueno, le conté a Welser que Antonia se encontraba en Calamar.

Rasul no dijo nada durante unos segundos. De repente, empezó a caminar de un lado a otro, con las manos alzadas al cielo como si clamara a los dioses. Entre medias de un sinfín de maldiciones pronunciadas en su idioma, exclamó furioso:

—¡Problemas y más problemas! ¡Eres la persona más conflictiva del mundo, Jaime! ¡Conseguirás que nos maten!

Jamás había visto a Rasul tan enfadado conmigo; pero, al cabo de unos minutos, recuperó su habitual flema arábiga y accedió de mal humor a dirigirse a Calamar.

Cabalgamos toda la tarde, exigiendo de nuestros caballos un esfuerzo próximo a la extenuación. De cuando en cuando, Rasul se detenía y oteaba el horizonte. Una de esas veces distinguió en la lejanía una nube de polvo y dijo:

—Nos siguen. Están a unos quince minutos de nosotros.

Llegamos a Calamar poco antes del anochecer. Era un pueblucho inmundo cuyas desvencijadas casas de madera se reclinaban sobre el inmenso río Magdalena, junto al maderamen de un pequeño muelle al que permanecían amarradas varias embarcaciones. Entre ellas estaba el *Anaconda*, el vapor del capitán Benigno Tapioca. Nos dirigimos hacia allí a toda velocidad, descabalgamos y saltamos al barco. Antonia, al verme, puso los brazos en jarras y me espetó:

—¿Por qué te has retrasado? ¿Y qué hace aquí el Sirio?

No tenía ni tiempo ni ganas de charlar con Antonia, así que la ignoré abiertamente y le grité a Tapioca:

—¡Vámonos de aquí ahora mismo!

El viejo capitán se retorció las guías del bigote y me dijo con irritante tranquilidad:

—Se retrasan y ahora me vienen con prisas —chasqueó la lengua—. Pues aún no podemos irnos, porque no hay suficiente presión en la caldera. Además, pronto caerá la noche y...

Rasul me apartó de un empujón, desenfundó una de sus pistolas, apuntó a la cabeza del capitán y dijo con voz helada:

—Ponga en marcha el barco. Ya.

Las palabras (y la pistola) de Alí Akbar actuaron como un eficaz acicate, pues tanto Tapioca como su ayudante, un indio chibcha llamado José, se pusieron diligentemente a echar paletadas de carbón a la caja de fuegos del motor.

—¿Pero qué pasa? —insistió Antonia.

Ignorándola de nuevo, me dirigí a Napoleón, que había asistido atónito a nuestra intempestiva llegada.

—Coge nuestros caballos —le dije— y regresa a Cartagena.

—Pero se me hará de noche a medio camino, patrón...

—Da igual. Lárgate inmediatamente y no le digas a nadie que nos has visto. ¡Vamos, vete!

Napoleón, perplejo, saltó del barco, ató nuestras monturas al carro y comenzó a alejarse del muelle. Mientras yo observaba cómo se perdía de vista, Antonia insistió de nuevo:

—¿Alguien tendría la bondad de decirme qué está pasando?

—Cállate —contesté con sequedad; me volví hacia el capitán y le pregunté—: ¿Cómo va eso?

—Todavía no hay presión suficiente —repuso, contemplando un sucio manómetro.

Comencé a pasear con nerviosismo de un lado a otro de la cubierta. Los minutos parecían arrastrarse como caracoles.

—Ahí están —dijo repentinamente Rasul.

Volví la cabeza y vi que un grupo de jinetes, todavía lejano, se aproximaba galopando por el camino que conducía al pueblo.

—¡Vámonos ya! —le grité al capitán.

—¡Pero si no tenemos vapor, jovencito! —me contestó Tapioca, igualmente a gritos.

Entonces, aunque todavía nos encontrábamos más allá de su alcance de tiro, los jinetes comenzaron a disparar contra nosotros. Y el capitán Tapioca, olvidándose al instante del vapor y de la presión, se puso a accionar palancas como un poseso. Lentamente, la biela del motor impulsó las palas del *Anaconda* y, poco a poco, el barco se fue apartando del muelle. Pero, mientras que nosotros nos alejábamos muy despacio, los hombres de Welser se aproximaban muy deprisa, y lo que antes era sólo ruido, se transformó de repente en una lluvia de balas que silbaban a nuestro alrededor.

Nos tiramos al suelo. Los jinetes, que ya habían alcanzado el muelle, bajaron de sus monturas y, rodilla en tierra, procuraron afinar la puntería. Jamás olvidaré el sonido de los proyectiles incrustándose en el maderamen del barco, o rebotando contra el metal. Creí que no saldríamos de ésa, pero el viejo y destartalado vaporcito fue incrementando la velocidad hasta situarse muy lejos del alcance de los pistoleros.

Entonces me incorporé, miré hacia el lejano muelle y, feliz de continuar vivo, alcé los brazos en gesto de triunfo.

***

—Así que esos que nos disparaban eran los hombres de Welser, ¿eh? —dijo Antonia, con aire despreocupado.

El *Anaconda* surcaba a buena marcha, corriente arriba, las caudalosas aguas del gran río Magdalena, dejando a su paso una negra estela de humo.

—De no ser por Rasul, me hubieran cortado en rodajas —respondí, y agregué con suspicacia—: Por cierto, Tobías Welser te conoce. ¿Por qué?

Antonia sonrió, indiferente.

—Claro que nos conocemos. Hace más de dos años que estoy buscando la cruz, Jaime, y uno de los lugares que debía investigar era la mansión de los Welser en Santa Marta. Por eso, hará cosa de ocho meses, entré a trabajar allí.

—¿Trabajabas para Welser?

—Ajá —asintió ella—. Era su secretaria personal.

Contuve el aliento, perplejo, y de pronto me percaté del modo en que Antonia iba vestida.

—¡Llevas pantalones! —exclamé, un tanto escandalizado.

Ella se echó a reír.

—Claro que llevo pantalones. ¿Quieres que cruce Colombia de lado a lado con faldas y corsé? De eso nada, amiguito; no tengo ganas de que una serpiente se me cuele entre las enaguas.

Me sonrió con (insufrible) suficiencia y desvió la mirada hacia la lejana orilla. En ese momento, el capitán del *Anaconda* se aproximó a nosotros y prorrumpió en una larga retahíla de quejas. Dijo que en nuestro trato no estaban incluidos los tiroteos y exigió más dinero en concepto de peligrosidad. Rasul, que permanecía silencioso y malhumorado en el banco de proa, le fulminó con la mirada. Tapioca enmudeció al instante y se alejó refunfuñando por lo bajo.

Contemplé el horizonte de agua y vegetación que se extendía frente a mis ojos, y pensé que, no muy lejos de las fuentes de aquel inmenso río, comenzaba el camino que conducía a la portentosa cruz de El Dorado, a la gloria y a la fortuna.

Capítulo siete

Donde se habla de nuestro periplo a lo largo del río Magdalena y de cómo Rasul nos trajo alarmantes noticias.

Mi padre decía que jamás se debe apostar todo el dinero a una jugada, salvo que se conozca cada una de las cartas que hay sobre el tapete. Pues bien, al iniciar la búsqueda de la cruz de El Dorado yo estaba incumpliendo aquel sabio precepto.

El problema era el mensaje en clave de Tadeo Guevara, o, mejor dicho, la segunda parte de aquel mensaje. Lo del manto de la Virgen había sido relativamente fácil de descifrar, y me había conducido al mapa que indicaba el camino para encontrar la cruz. Pero, entonces, ¿qué significaba «Buscar en San Marcos como Legrand en el escarabajo»? A punto estuve de consultar el enigma con Yocasta, pero un poso de dignidad me llevó a abandonar tal idea. En cualquier caso, tenía grabado en la memoria el mapa de Guevara, y eso, supuestamente, debía bastar para encontrar la prodigiosa cruz de El Dorado.

El *Anaconda* era un pequeño y desvencijado vapor

de apenas siete metros de eslora, cuyo antediluviano motor parecía siempre a punto de explotar. El capitán Tapioca pasaba la mayor parte del tiempo al pie del timón, pilotando con pericia su viejo barco río arriba, mientras que el indio José arrojaba paletadas de carbón a la caja de fuegos. No había camarotes, de modo que Alí Akbar, Antonia y yo viajábamos en la cubierta, bajo un toldo que nos protegía del sol, y allí mismo dormíamos, en unas amplias hamacas que José llamaba chinchorros.

Rasul se había tornado aún más silencioso que de costumbre y solía permanecer largas horas en el banco de proa, sentado con las piernas cruzadas e inmóvil como una estatua. Parecía contrariado por haberse visto implicado en la búsqueda de la cruz, pero aparentemente había aceptado formar parte de la expedición. Cuando le pregunté por aquel cambio de actitud, él me contestó de no muy buen grado:

—Gracias a ti nos hemos granjeado el odio de Tobías Welser. Necesitaremos mucho dinero para enfrentarnos a él, así que no queda más remedio que confiar en que la cruz de El Dorado exista.

—Claro que existe —repliqué con optimismo—. Y olvídate de Welser; está muy lejos, en Cartagena.

—Sí, pero Welser te odia a ti, Jaime, y sobre todo me detesta a mí. Nunca desdeñes el poder del odio.

Y no dijo más. Pero así era Rasul, tan parlanchín como un bloque de granito. Desde nuestro reencuentro en Barranquilla, Alí Akbar había lucido una espesa barba, pero al día siguiente de nuestra partida se la afeitó, dejándose tan sólo el frondoso bigote que llevaba cuando le conocí en el *Covadonga*. Creo que mientras estuvo en Cartagena, Rasul pretendió enmascarar su rostro con la barba. ¿Por qué? Lo ignoro, aunque supongo que el motivo estaba relacionado con la enigmática misión que le trajo al Nuevo Mundo.

Pese a que nos conocíamos desde hacía tiempo, yo sabía muy poco acerca de Alí Akbar. Lo único que él me había revelado es que nació en Latakia, una ciudad situada en la costa de Siria, frente a Chipre, y que por sus venas corría sangre iraquí, persa e incluso turca. Eso era todo. En cuanto a qué se dedicaba o por qué estaba en América, misterio.

Recuerdo que una vez le conté lo que había dicho mi padre acerca de que era un *fidai,* un *hashishian* al servicio de la secta del Viejo de la Montaña. Rasul hizo una mueca que tanto podía ser un amago de sonrisa como un gesto de fastidio, pero no dijo nada, ni que sí, ni que no. Aunque, en el fondo, ¿qué importaba?

En cuanto a Antonia... Bueno, reconozco que era una chica muy especial. Jamás, durante nuestra travesía por el Magdalena, escuché de sus labios una queja. Por el contrario, siempre se mostró colaboradora y amable. Demasiado amable, si vamos a eso. En cuanto Rasul se afeitó la barba, Antonia comenzó a coquetear con él de una forma que yo calificaría de descarada. Cierto es que Alí Akbar no le hizo el menor caso, pero ese flirteo, en fin, me molestó, no lo niego. ¿Celos? Puede que sí. Aun vestida como un hombre, Antonia poseía una bonita silueta y un rostro muy bello, y por aquel entonces, no lo olvidemos, yo era un muchacho rebosante de hormonas.

Una noche, mientras el *Anaconda* surcaba las aguas del río, bajo la pálida luz de una inmensa luna llena que se recortaba nítida sobre los palmerales, la vi apoyada en la borda, absorta en el firmamento mientras daba fugaces sorbitos al agua de una cantimplora. Me aproximé a ella y permanecí unos minutos en silencio, a su lado. Por detrás del ruido del motor podía oír el suave sonido de su respiración, y de reojo veía el cadencioso subir y bajar de su pecho, y a mi nariz, mezclado con el aroma a flores que traía la brisa, llegaba la dulzura de su perfume.

—Qué noche más hermosa, ¿verdad? —comentó ella.

Me aproximé hasta que nuestros brazos se tocaron.

—Tan hermosa como tú —dije.

Una sonrisa divertida iluminó el rostro de Antonia. Dio un nuevo traguito de agua y preguntó como de pasada:

—¿Cuántos años tienes, Jaime?

—Dieciocho —mentí con rapidez.

—De eso nada. Quince o dieciséis, a lo sumo. Pues has de saber, amiguito, que yo tengo veintitrés. No digo que pudiera ser tu madre, pero sí tu hermana mayor —sonrió de nuevo y, acto seguido, vació el contenido de su cantimplora sobre mi cabeza—. Refréscate, Jaime, refréscate —añadió mientras se alejaba.

Y ahí me quedé yo, chorreando agua, sintiéndome ridículo y maldiciendo la mala suerte de haberme topado con una muchacha tan insufrible.

***

La travesía por el Magdalena representó para mí un auténtico descubrimiento. Nunca me había alejado de la costa, de modo que aquel viaje suponía mi primera visita al interior del país. Aunque lo cierto es que, al principio, tampoco pude ver mucho, salvo las murallas de vegetación que se alzaban a ambas orillas del río. Con todo, lo poco que pudieron contemplar mis ojos me reveló un universo maravilloso y salvaje, muy semejante a la imagen que tenía del principio del mundo. Era como si, remontando el Magdalena, viajáramos también hacia atrás en el tiempo.

Durante los primeros días de navegación, el río se mostró sereno y ancho, tanto que en ocasiones perdíamos de vista las orillas y era como si cruzáramos un mar calmado. Luego, el cauce comenzó a estrecharse y las aguas se volvieron más vivas. El bosque selvático que nos rodeaba era ahora impenetrable y, entre las ramas de unos árboles tan altos que parecían acariciar el cielo con sus copas, veíamos volar guacamayas y tucanes, gavilanes, oropéndolas y colibríes. En cierta ocasión sorprendimos a un jaguar bebiendo en la orilla. El altivo felino nos contempló con ojos impávidos y, luego, se internó lentamente, con gran dignidad, en la espesura.

Al caer la noche, el río nos ofrecía un nuevo espectáculo, más sorprendente e irreal, incluso, que el diurno: las orillas se poblaban de miríadas de luciérnagas que asaeteaban la oscuridad con el resplandor de sus destellos. Era mágico. Aunque, claro, con el atardecer llegaban también los mosquitos. ¡Y vaya si eran feroces aquellos mosquitos del Magdalena!

Quizá estoy dando la impresión de que navegábamos en soledad, y nada hay menos cierto que eso. Constantemente nos cruzábamos con canoas y barcazas que transportaban cargamentos de papayas, cacao, mangos o plátanos hacia el Norte, y con frecuencia descubríamos pequeños poblados encaramados a la orilla del río, con pequeños muelles de madera donde se reunían los niños para saludarnos agitando las manos. De cuando en cuando, el capitán Tapioca atracaba en alguno de esos humildes poblamientos para aprovisionarse de carbón, carne fresca y fruta, y aquellas periódicas paradas constituyeron la única ruptura en la monotonía de un viaje que, de no ser por un par de incidentes que a punto estuvieron de resultar funestos, hubiera resultado del todo tranquilo.

El primero de ellos tuvo lugar al atardecer del quinto día de navegación, mientras dejábamos atrás la Ciénaga de la Zapatosa y nos internábamos por una zona despoblada y salvaje. Rasul, que ocupaba su habitual puesto en el banco de proa, se incorporó repentinamente.

—Allí —le dijo a Tapioca, señalando con el dedo hacia el frente—. ¿Ve esas dos canoas que se acercan, cada una por un lado del río? Vienen hacia nosotros.

El capitán se rascó la cabeza por debajo de la mugrienta gorra, comprobando que, en efecto, las trayectorias de ambas canoas formaban una uve cuyo vértice convergía en el *Anaconda*.

—Quizá quieran vendernos algo —sugirió Tapioca.

Rasul sacudió la cabeza.

—Cinco hombres en cada canoa. Demasiados vendedores.

Acto seguido, cogió uno de los rifles, apuntó hacia la embarcación de la derecha e hizo un disparo de advertencia que levantó un surtidor de agua justo frente a la quilla. Durante unos instantes nada sucedió. Luego, de repente, los tipos de las canoas comenzaron a disparar contra nosotros.

—¡Piratas de río! —gritó Tapioca—. ¡A las armas!

Cogimos rápidamente los fusiles y nos dispusimos a responder al ataque de los bandidos. Mientras corría el cerrojo para introducir una bala en la recámara, observé de soslayo que Antonia manejaba su arma con una destreza insospechada, así que, para no ser menos, empuñe el fusil con gallardía, apunté hacia la canoa de la izquierda y apreté el gatillo.

Mi padre me había enseñado a odiar la violencia y, seré franco, era la primera vez que usaba un arma. El caso es que, al disparar, la culata me golpeó el hombro con la fuerza de una coz, y me derribó violentamente. Mientras estaba ahí tirado, aturdido y preguntándome si me había roto la clavícula, Antonia volvió la cabeza hacia mí y dijo con ironía:

—Encaja bien la culata en el hombro, pequeño Jaime, o seguirás barriendo la cubierta con el trasero.

Mascullando un torrente de improperios, recogí el rifle y me puse a disparar. Con más entusiasmo que tino, pues me temo que sólo conseguí hacer ruido y magullar aún más mi ya maltrecho hombro. Pero Rasul poseía una extraordinaria puntería y el indio José también demostró ser un gran tirador, así que los piratas no tardaron en dar media vuelta y alejarse de nosotros como almas que lleva el diablo.

Supongo que esa aventura no contribuyó precisamente a mejorar mi imagen, pero el segundo incidente vino a poner las cosas en su sitio. Ocurrió un par de días más tarde. Tapioca había atracado el *Anaconda* junto a un establecimiento de abarrotes situado a la orilla del río. Mientras el capitán y José se ocupaban de cargar el carbón y los víveres, Antonia, Alí Akbar y yo fuimos a dar un paseo por los alrededores. Tras deambular unos minutos, Antonia hizo un risueño comentario sobre la belleza de aquel paraje y fue a sentarse encima del rugoso tronco de un árbol caído.

Entonces, el tronco abrió una boca erizada de dientes e intentó comerse a Antonia. Porque no era un tronco, sino un inmenso caimán decidido a incluir a la muchacha en su régimen alimenticio. Afortunadamente, Rasul estaba allí. Sus manos relampaguearon, apareciendo súbitamente armadas con las Mauser, cuyos cargadores procedió a vaciar, en apenas un segundo, contra las abiertas fauces del animal. El caimán murió instantáneamente, pero Antonia, aterrorizada, se puso a dar gritos y saltitos ridículos, como si en vez de con una fiera acabara de tropezar con un ratón.

Supongo que la cosa no tuvo ni pizca de gracia, pero no pude evitar partirme de risa. Tras recuperar la compostura, Antonia adoptó una actitud de dignidad ofendida y se alejó con aire altivo. No obstante, a partir de ese incidente, ella dejó de mirarme con la suficiencia que había empleado hasta el momento y, desde luego, no volvió, durante toda la travesía, a sentarse sin antes comprobar que el asiento no iba a devorarle una pierna.

Y eso fue todo. Finalmente, diez días después de abandonar Calamar, llegamos a Barrancabermeja, población donde concluía la travesía fluvial y comenzaba nuestro periplo por tierra.

***

Barrancabermeja era una ciudad muy hermosa, con bonitos edificios coloniales y un animado puerto fluvial. Por desgracia, no dispusimos de mucho tiempo para visitarla pues, nada más desembarcar, Rasul insistió en proseguir la marcha, sin detenernos a pernoctar en el pueblo. Antonia protestó, aduciendo que aquélla iba a ser su última oportunidad de darse un baño civilizado, y yo no tuve más remedio que mostrarme de acuerdo, pues acariciaba secretamente la esperanza de dormir aquella noche en una mullida cama.

Pero Alí Akbar fue inflexible: o partíamos inmediatamente, o él abandonaba la expedición. Aunque, por supuesto, no se molestó en explicarnos el porqué de tantas prisas, acabamos cediendo y, a media mañana, nos dirigimos a la ciudad para adquirir los caballos y las mulas que precisábamos para el viaje. También necesitábamos peones, así que contratamos a tres zambos[4] llamados Herminio, Teodoro y Melquíades.

Algo más difícil resultó encontrar un guía, aunque finalmente, tras mucho preguntar, nos hablaron de cierto indio, natural del sur del país, que tenía la intención de regresar en breve a su tierra. Se trataba de don Luis Obando, un indígena de pura raza andaquí

4 Zambo: mestizo de indio y negro africano.

que había nacido en las tierras altas de la región del Huila, lo cual era una suerte, pues era allí precisamente adonde nos dirigíamos. Don Luis, un hombre de piel cobriza, ojos rasgados, facciones muy marcadas y edad indefinida, aceptó nuestra oferta, y se convirtió en el séptimo miembro de la expedición.

Regresamos al puerto, cargamos las mulas con los pertrechos que habíamos traído en el *Anaconda,* nos despedimos del capitán Tapioca y de su ayudante, y partimos a primera hora de la tarde, dejando atrás la bulliciosa villa de Barrancabermeja.

***

Nos encontrábamos más o menos en el centro de Colombia. A partir de ese punto, nuestro itinerario discurriría a lo largo del inmenso valle del Magdalena, en dirección Sudoeste, dejando el río a la derecha y la Cordillera Oriental a la izquierda. Al principio, el camino era llano y bien trazado, aunque en ocasiones, y pese a que aún no habían llegado las lluvias, lo encontrábamos anegado a causa de los innumerables ríos y torrentes que bajaban de la sierra hacia el llano. Con todo, nuestro avance fue rápido, hasta que, tres días más tarde, Alí Akbar detuvo la marcha y nos dijo:

—Seguid sin mí. Os alcanzaré más adelante.

¿Rasul se iba? Antonia y yo intercambiamos una mirada de alarma.

—Pero, ¿qué vas a hacer? —pregunté.

—Comprobar algo —respondió el siempre lacónico Alí Akbar.

Tanto Antonia como yo protestamos enérgicamente, ya que no nos hacía la menor gracia perder, aunque fuese temporalmente, la protección de un aliado tan valioso. Pero yo conocía a Rasul y sabía que, cuando algo se le metía en la mollera, no había fuerza en la naturaleza capaz de hacerle cambiar de idea.

—Continuad hacia el Sudoeste —concluyó él, sin dar su brazo a torcer—, y no disminuyáis la marcha. Me reuniré con vosotros dentro de dos días.

Acto seguido, Rasul hizo que su caballo volviera grupas y partió al galope hacia el Nordeste, rehaciendo a la inversa el camino que habíamos recorrido. Y yo contemplé, desmoralizado, cómo mi amigo se perdía en lontananza, hasta que Antonia, claramente malhumorada, ahuyentó mi estupor diciendo:

—No perdamos más tiempo y vámonos de una maldita vez.

Ningún suceso digno de mención aconteció durante las siguientes cuarenta y ocho horas. Viajábamos de sol a sol y, al caer la noche, buscábamos algún lugar recogido para acampar. Nos desplazábamos por una zona donde los terrenos de cultivo se alternaban con herbazales y bosques. No era un territorio poco poblado y frecuentemente nos cruzábamos con grupos de lugareños, indios y mestizos, que nos contemplaban unos instantes con curiosidad, para luego regresar a sus quehaceres sin dedicarnos mayor atención. No tropezamos con piratas, ni con caimanes, ni con ninguna otra clase de peligro, pero no podía evitar sentirme inquieto, pues la ausencia de Rasul me hacía tomar conciencia de lo extremadamente débil e insignificante que era yo en aquellas tierras desmesuradas.

Afortunadamente, Alí Akbar cumplió su promesa y regresó dos días más tarde, aunque no con buenas noticias. Fue al anochecer, poco después de que instaláramos el campamento junto a un arroyuelo. Melquíades había encendido una fogata y estaba preparando café justo cuando apareció Rasul, a caballo, con aire adusto y cansado. Desmontó en silencio y, sin molestarse en saludar, se sirvió una taza de café, extendió una manta en el suelo y se acomodó sobre ella. En fin, reconozco que, en ocasiones, su hermetismo me sacaba de quicio.

—Bueno, ¿qué? —le pregunté, impaciente.

Rasul apuró el café de un trago y dijo con voz tranquila:

—Regresé sobre nuestros pasos y a medio camino descubrí que nos estaban siguiendo. Tobías Welser y diez de sus hombres.

—¡¿Cómo?! —exclamamos a la vez Antonia y yo.

—Debieron de desembarcar en Barrancabermeja poco después que nosotros —prosiguió Rasul—. Apenas les sacamos un día de ventaja.

Sobrevino un pesado silencio.

—Pero no tiene sentido —dije, muy nervioso—. Ese tipo es rico, ¿por qué se molesta en venir él en persona a buscarnos?

—Porque nos odia —repuso Alí Akbar—, y no parará hasta matarnos.

—No olvidemos que también quiere la cruz —terció Antonia.

—Es cierto —asintió Rasul; luego ahogó un bostezo con el dorso de la mano y me dijo—: Hay algo más, Jaime. ¿Recuerdas ese tuerto del que me hablaste? También nos sigue.

—Ya sabía yo que era un hombre de Welser... —mascullé.

Rasul sacudió la cabeza.

—No, no lo es. El tuerto viaja en paralelo al grupo de Welser, procurando que no le descubran. Lo vi por mi catalejo: no van juntos.

Exhalé una bocanada de aire y me puse a dar vueltas de un lado a otro. Aquello era un desastre. El hombre más malo de Colombia y un asesino a sueldo tuerto, contratado sabría Dios por quién, andaban tras mis pasos para hacerse una sombrilla con mi piel. Fantástico.

—¿Qué vamos a hacer? —pregunté con desaliento.

Rasul se desperezó como un oso cansado, se tumbó sobre la manta y cerró los ojos.

—Seguir adelante —dijo, y antes de quedarse profundamente dormido, agregó—: Lo más rápido posible.

Capítulo ocho

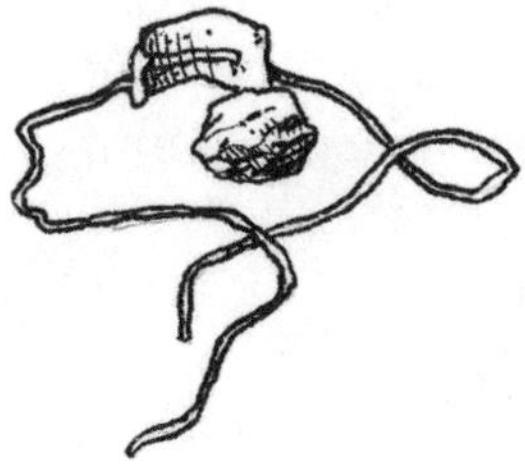

En el que se narra nuestra llegada a la tierra de los viejos dioses y tiene lugar un encuentro muy poco grato.

Nuestro viaje hacia el sudoeste del país fue una experiencia intensa y agotadora. Nos despertábamos antes del alba y viajábamos sin descanso hasta después del ocaso, así un día y otro. Atravesamos páramos, subimos montes y barrancos, cruzamos pantanos infestados de crótalos e insectos, nos internamos en zonas selváticas cuya vegetación era tan densa que hasta la luz nos era hurtada, sudamos bajo el inclemente sol del trópico y a punto estuvimos de perecer ahogados en una descomunal tormenta.

Pero continuamos adelante, sin concedernos más reposo que unas pocas horas de sueño cada noche, pues, como Rasul comprobaba frecuentemente, Welser y sus hombres nos seguían a no más de veinte kilómetros de distancia, y lo propio hacía aquel maldito tuerto que acechaba mis pasos como un perro de presa.

Tan duro era el ritmo de marcha que hasta Herminio, Teodoro y Melquíades, hombres recios habituados a los grandes esfuerzos, comenzaron a protestar. Antonia, por el contrario, no se quejó ni una vez, lo cual no dejó de admirarme, pero había adelgazado mucho y parecía perder fuerzas a medida que los días pasaban. Rasul era una roca y estoy seguro de que ni un terremoto hubiera logrado detenerle. En cuanto a mí... Digamos que debía evocar con frecuencia la prodigiosa cruz de El Dorado —todo ese oro y todas esas esmeraldas— con el fin de encontrar los ánimos necesarios para seguir adelante.

Pero quien realmente me impresionó fue don Luis Obando, nuestro guía. Aquel indio pequeño y enjuto, que vestía sayo y pantalones de blanca y basta lana, calzaba alpargatas y se cubría con un viejo sombrero de paja, era incansable, inmutable en realidad, pues fuera cual fuese el esfuerzo al que tuviera que someterse, ni la expresión de su rostro —tallada en piedra, como las estatuas de los incas—, ni el ritmo de su respiración parecían alterarse lo más mínimo.

Si a Rasul se le podía calificar de hombre de pocas palabras, don Luis era un monumento al silencio. No solía emplear más que monosílabos, y solamente lo hacía cuando resultaba estrictamente necesario. Pero era un buen guía que conocía el terreno como las palmas de sus encallecidas manos y que, finalmente, cuarenta y tres días después de la partida, acabó conduciéndonos con precisión a nuestro punto de destino.

El inmenso valle del Magdalena se extiende a lo largo de dos mil kilómetros, de Norte a Sur del país, encajonado entre la Cordillera Oriental y la Cordillera Central, dos de los tres macizos en que se dividen los

Andes al llegar a Colombia. Nosotros nos dirigíamos a la zona donde ambas cordilleras convergían, muy cerca de las fuentes del río Magdalena, a poco más de un paralelo del Ecuador.

Cruzamos el río en Puerto Salgar, dejamos atrás Manizales y proseguimos al Sur, hacia Ibagué, y luego hasta Neiva, ya en la región de Huila. Atravesamos zonas selváticas tras cuya frondosa vegetación, en el horizonte, se alzaban las inmensas cumbres de la Cordillera Central, y alcanzamos finalmente el lugar donde, supuestamente, el mapa de Guevara comenzaba a señalar el itinerario que conducía a la cruz de El Dorado. En teoría, allí teníamos que encontrar algo llamado Montaña de Azufre.

Pero cuando llegamos no vimos nada parecido.

***

A media tarde, nos detuvimos en lo alto de un monte situado por encima de las últimas estribaciones del valle. Rasul desplegó su catalejo y lo volvió hacia el Nordeste.

—Welser está a menos de veinte kilómetros de distancia —dijo al cabo de unos segundos—. Tenemos que proseguir.

—Pero si estamos perdidos —Antonia consultó el papel donde había copiado el mapa de Guevara—. Se supone que allí, hacia el Oeste, debe estar esa maldita Montaña de Azufre...

Contemplé el lejano macizo de piedra desnuda.

—Allí hay muchas montañas —dije.

—Pero ninguna de azufre —rezongó Antonia.

Se produjo un largo silencio.

—Descansemos media hora —dijo Rasul—. Luego seguiremos hacia el Sur.

Los peones, aliviados, tomaron asiento sobre el suelo, Antonia guardó el mapa y se encerró en un reconcentrado mutismo, Rasul se acomodó sobre una piedra y yo, en fin, volví la vista hacia el valle que se extendía a mis pies, considerando, con desaliento, la posibilidad de que, después de todo, el mapa de Guevara y la cruz de El Dorado no fuesen más que las fantasías de un viejo borracho. Permanecí mucho rato enfrascado en tan fúnebres pensamientos, tanto que el tiempo de descanso se me pasó sin darme cuenta.

—Vámonos —ordenó de pronto Rasul, dando una palmada.

Suspiré con pesadumbre y fui en busca de mi montura. Entonces, sin pretenderlo, mis ojos se centraron en una de las cumbres de la lejana cordillera. El Sol, al descender sobre el horizonte, iluminaba ahora su ladera occidental, tintándola de un intenso color entre amarillo y anaranjado.

—Mirad... —musité.

Antonia volvió la vista y se quedó boquiabierta.

—¿Cómo se llama ese pico? —le pregunté a don Luis.

—Pan de Azúcar —contestó inexpresivo—. Un volcán.

—¡Un volcán! —exclamé—. ¡La Montaña de Azufre a que se refería Guevara!

Antonia consultó de nuevo el mapa.

—Entonces —dijo, señalando hacia el Sudoeste—, tenemos que ir en dirección a esa selva que se extiende al pie de las montañas.

—El Bosque de las Estatuas... —murmuré, recordando el mapa que Tadeo Guevara pintó en la pared de su casa.

Alí Akbar desplegó el catalejo y contempló a su través el lugar que indicaba Antonia.

—En la linde con la selva hay un poblado —dijo—, a unos quince kilómetros de distancia. Pasaremos la noche allí.

***

Los problemas comenzaron al día siguiente. Los habitantes del poblado junto al que habíamos acampado nos acogieron con amabilidad, es cierto, pero también se dedicaron a charlar con nuestros peones, poniéndoles al día sobre las leyendas locales. A resultas de ello, cuando nos despertamos tuvimos que afrontar un pequeño motín. Herminio, Teodoro y Melquíades se negaban a cruzar la selva.

—Nos han dicho que es la morada de los antiguos dioses —adujo Teodoro.

—Y que sus espíritus vagan por el bosque —añadió Melquíades.

—Además —terció con aprensión Herminio—, el Poira está en la jungla...

—¿Qué es el Poira? —pregunté.

—Un demonio —contestó Teodoro—. Secuestra a la gente.

Antonia resopló con desdén, puso los brazos en jarras e increpó a los peones:

—¡Menudo atajo de cobardes! ¿Os dan miedo los fantasmas y los demonios? Pues miradme a mí, maldita sea; soy una mujer y entraré en esa selva, porque no temo los cuentos de vieja.

Antonia sabía cómo aprovechar a su favor el machismo de los hombres. Nuestros peones no podían aceptar que una muchacha fuese más valiente que ellos, así que se vieron obligados a seguirnos al interior de aquella selva.

Y menuda jungla, amigos míos; puede que no tan cerrada como la Amazonia, pero sí lo suficientemente exuberante como para convertir nuestro avance en un infierno. Inmensos árboles, helechos descomunales, higueras estranguladoras, larguísimas lianas, bejucos, plantas trepadoras... Lamento no ser ducho en botánica para poder describir todas las especies que allí había, pues aquello era un océano vegetal, una riada esmeralda que todo lo inundaba de savia, hojas, flores y raíces.

Seguimos durante horas el tortuoso sendero que surcaba la espesura hacia el corazón del bosque, espantando mariposas y libélulas a nuestro paso. Al caer la noche instalamos el campamento en un claro sembrado de piedras cubiertas de musgo y líquenes. Mientras le quitaba los arreos a mi caballo caí en la cuenta de que las enormes losas de piedra que nos rodeaban no eran naturales, sino las ruinas de una antiquísima construcción. Cuando se lo comenté, Rasul acogió la noticia con un indiferente encogimiento de hombros.

—En los desiertos de mi país —dijo— he visto ciudades tan antiguas como el tiempo tragadas por la arena.

Puede que Alí Akbar no le diese importancia a aquellas enigmáticas ruinas, pero no ocurría igual con nuestros peones, pues Herminio, Teodoro y Melquíades se apretujaban los unos contra los otros, contemplando con temor lo que para ellos era la morada de los espíritus. Y tan grande fue su miedo que al día siguiente, cuando nos despertamos, descubrimos que los tres habían desaparecido.

***

—Se fueron durante la noche —dijo don Luis.

—¿Por qué no nos avisó? —preguntó Antonia, malhumorada.

El guía volvió hacia ella sus impasibles ojos.

—Porque no era asunto mío —respondió.

—Y todo por esa historia del Poira —masculló Antonia—, un ridículo demonio.

—No es un demonio —la corrigió don Luis—. Así llaman a Blasco Luján, el Poira, por su gran maldad.

—¿Quién es Blasco Luján? —pregunté.

—Un cazador de hombres. Secuestra a mi gente para llevarla como esclava a las minas del Chocó.

—Pero si la esclavitud está abolida por la ley —terció Antonia.

—¿Qué ley, niña? —intervino Rasul, terminando de ceñir la silla a su montura—. Hemos cruzado el país de arriba abajo y yo no he visto ninguna ley —chasqueó la lengua—. Basta de charla, tenemos que irnos. Haremos turnos para guiar las mulas. Tú primero, Jaime.

Algo preocupaba a Rasul. Al adentrarnos en la selva habíamos perdido nuestra principal ventaja, pues en aquel terreno tan frondoso resultaba imposible estimar la distancia que nos separaba del grupo de Welser. Alí Akbar tenía serios motivos de preocupación, como pronto se demostró.

Ocurrió a media mañana, mientras atravesábamos en fila india un estrechamiento del sendero. Rasul cabalgaba en cabeza, despacio, seguido por Antonia y por don Luis. Yo caminaba en la retaguardia, sujetando por las bridas a mi caballo, mientras que con la otra mano tiraba de las mulas.

De pronto, Alí Akbar se detuvo y permaneció unos instantes inmóvil, atento. Yo estaba a punto de preguntarle qué pasaba, cuando, inesperadamente, Rasul se tiró del caballo y rodó sobre el suelo, buscando refugio tras unos arbustos.

Y entonces, de súbito, ocho hombres surgieron de entre las frondas donde estaban emboscados y se lanzaron como fieras a por nosotros. Derribaron a Antonia y prendieron a don Luis. A mí me retorció el brazo un tipo alto y delgado con aspecto de sabandija. Me disponía a protestar airadamente por aquel atropello, cuando noté el frío tacto del cañón de un revólver contra mi cabeza (lo cual me dejó mudo, por cierto).

—¡Eh, tú, moro! —gritó Sabandija—. ¡Sal con las manos en alto antes de que cuente tres o tus amigos morirán! —hizo una breve pausa y comenzó a contar—: Uno... —amartilló el percutor—. Dos...

Las hojas de un gran helecho se agitaron y Rasul apareció con las manos alzadas sobre la cabeza. Su rostro no traslucía ninguna emoción, pero por entre las rendijas de sus ojos las pupilas se movían con rapidez, en estado de alerta. Sin dejar de apuntarle con sus fusiles, dos de los asaltantes le quitaron las armas. Después nos ataron a todos las manos a la espalda y enlazaron nuestros cuellos con una cuerda. Acto seguido, Sabandija se aproximó y nos contempló sonriente. Por encima de los dos revólveres que llevaba al cinto lucía una chaqueta de piel de serpiente y en torno al cuello portaba un collar con grandes y negruzcas cuentas que no pude identificar al principio.

—Me llamo Blasco Luján, el Poira —dijo—. Ahora sois de mi propiedad. Si no obedecéis, seréis castigados. Si os resistís, os mataremos —hizo una pausa y agregó—: En marcha.

Entonces, mientras aquellos bandidos usaban las culatas de sus fusiles para azuzarnos, pude ver con claridad las cuentas del collar que lleva el Poira: eran orejas humanas.

***

En fin, amigos, ahí estábamos nosotros, en medio de la selva, capturados por una banda de esclavistas y pensando que las cosas no podían irnos peor. Pero sí podían. Tras desviarnos por un sendero lateral, caminamos durante poco menos de una hora hacia el Norte, siempre bajo los insultos y golpes de aquellos salvajes, hasta llegar al claro donde se encontraba el campamento del Poira.

Varias tiendas de campaña estaban extendidas alrededor de una hoguera. A un lado permanecían atadas las monturas y los mulos. Al otro, por entre los pertrechos, sesteaba una decena de tipos con aspecto de pistoleros. Un hombre se hallaba de pie junto a la fogata, dándonos la espalda mientras bebía una taza de café. Al oírnos llegar se dio la vuelta y, entonces, vi su rostro. Y creí que la tierra se hundía bajo mis pies. Era Tobías Welser.

—Vaya, vaya, vaya, ¿a quién tenemos aquí? —Welser nos contempló con una torcida sonrisa que nada bueno auguraba, luego se aproximó a Rasul y le espetó—: Te dije que volveríamos a vernos, moro... Pero ya hablaremos tú y yo más tarde —se volvió hacia Antonia—. ¡La dulce Antonia! —exclamó con sorna—. Bella, mentirosa y ladrona, así eres tú, Antonia Rodríguez.

—¿Rodríguez? —musité extrañado.

—Sí, Antonia Rodríguez. ¿Quién te ha dicho que era, niño?

—La nieta de Tadeo Guevara...

Welser resopló con desdén.

—La zorra miente más que habla. Tu amiga, muchachito, trabajaba en mi casa como doncella y, abusando de mi confianza, espió documentos privados y me robó el dinero que guardaba en la caja fuerte.

Antonia alzó la barbilla, irguió la espalda y, pese a las ataduras que ligaban sus brazos, logró adoptar una actitud de dignidad ofendida.

—No fue un robo, sino un préstamo —dijo con voz firme—. Pensaba devolver el dinero cuando encontrase la cruz. En cuanto a mi identidad... De acuerdo, no soy la nieta de Guevara, pero tampoco me llamo Rodríguez —se irguió aún más y declaró con solemnidad—: Soy Antonia Saavedra, descendiente directa de don Íñigo de Saavedra, el conquistador español que hizo forjar la cruz de El Dorado.

Creo que todos, incluido yo, nos la quedamos mirando atónitos. Welser, tras unos segundos de estupor, prorrumpió en un acceso de estruendosas carcajadas.

—¡Esta mujer es increíble! —exclamó—. ¡Mentirosa hasta el final! —la risa huyó repentinamente de sus labios—. Pero hablemos ahora de la cruz. Os proponíais robármela, confiando en que yo iba a permitirlo, ¿verdad? ¡Estúpidos! Habéis corrido mucho, es cierto, pero yo os iba pisando los talones —sonrió como un zorro—. Hasta que os metisteis de lleno en el territorio del Poira, como inocentes corderitos camino del matadero. Lo que no sabíais es que, desde hace años, Luján trabaja para mí, proporcionándome la mano de obra necesaria para mis minas y que, dado lo buen jefe que soy, no puso ningún reparo en hacerme el favor de cazaros para mí.

—Siempre a su servicio, patrón —repuso el Poira, obsequioso.

—Examinemos, pues, vuestra situación —prosiguió Welser—. Ahora pertenecéis al Poira. Eso significa que la dulce Antonia irá a parar a algún burdel de la costa, y que vosotros trabajaréis el resto de vuestras miserables vidas en las minas de oro del Chocó. Ésa es la opción buena —sus ojos se endurecieron—. La mala es que, si no me decís dónde se encuentra exactamente la cruz de El Dorado, os quemaré los ojos, os quebraré los huesos y os arrancaré la piel a tiras.

Antonia dio un paso al frente con aire desafiante.

—¡Jamás! —exclamó, como Juana de Arco delante de la hoguera—. ¡Preferimos morir a decírtelo, Welser!

Huelga decir que yo no podía estar más en desacuerdo con aquello, así que me mostré abyectamente servil y dije:

—Ella tiene un mapa, señor. Lo lleva en el bolsillo.

Welser registró rápidamente a Antonia (que me dirigió una mirada asesina), encontró el mapa y lo examinó con aire triunfal.

—¡Por fin! —exclamó—. ¡Después de treinta años, la cruz irá a manos de los Welser! —se volvió hacia Luján y le ordenó—: Encerradlos, pero no al moro. Antes tengo que charlar con él.

Los hombres del Poira nos condujeron a empujones hasta una jaula de bambú que se encontraba en un extremo del claro y nos obligaron a entrar en ella. Alí Akbar, con las manos atadas a la espalda y férreamente sujeto por dos de los pistoleros, se quedó de pie en medio del campamento.

—Tú me apuntaste con tus armas —le dijo Welser, aproximándose mucho a él—. Te atreviste a amenazarme y me encerraste en una bodega, como si fuera un animal —hizo una larga pausa y, de repente, le propinó a Rasul un violentísimo puñetazo en la mandíbula—. ¡¿Qué me dices ahora?! —gritó.

Alí Akbar, con un hilo de sangre corriéndole por la comisura de los labios, volvió lentamente la mirada hacia Welser, lo contempló con desdén y le escupió a la cara. Welser abrió desmesuradamente los ojos, se limpió el escupitajo con un pañuelo y luego, ciego de ira, comenzó a golpear, una y otra vez, el cuerpo de mi amigo. Yo grité que le dejara, que lo iba a matar, pero él siguió descargando sus puños sobre Rasul, aún después de que éste perdiera el conocimiento, y así habría seguido de no ser por el Poira que, al cabo de casi veinte minutos de paliza, le sujetó por un brazo y le dijo:

—Tranquilo, patrón. El moro es fuerte, y sacaré un buen dinero por él; pero si sigue pegándole no valdrá ni para atarse los zapatos.

Welser respiró hondo un par de veces y contempló al exánime Rasul. Supongo que debió de comprender que, por muy fuerte que le golpease, Alí Akbar ya no sentiría nada, así que se limpió las manos con el pañuelo, se dirigió al lugar donde estaban atados los caballos y ordenó a sus secuaces:

—¡En marcha!

Los hombres que sujetaban a Rasul le dejaron caer al suelo y se unieron a sus restantes compañeros. Apenas un par de minutos más tarde, el grupo de Welser abandonaba el campamento. Entre tanto, los compinches del Poira levantaron en vilo el desmayado cuerpo de Alí Akbar y lo arrojaron al interior de la jaula que ocupábamos Antonia, don Luis y yo.

Rasul tenía el rostro ensangrentado, lleno de magulladuras y heridas, y su respiración era tan leve que apenas podía percibirla. Le llamé varias veces, pero él no recuperó el conocimiento, y yo me sentí tan culpable, tan triste y tan desvalido que, sin poder contenerme, me eché a llorar.

***

Durante el resto de la tarde, los hombres del Poira se dedicaron a construir jaulas de bambú semejantes a la que nos mantenía encerrados a nosotros. Por lo visto, al día siguiente pensaban «salir de caza» por los alrededores y necesitaban aquellas jaulas para confinar en ellas a los indios, futuros esclavos, que capturasen. Advertí que Blasco Luján había sustituido sus dos revólveres por las modernas automáticas de Alí Akbar, y aquello me deprimió profundamente.

Don Luis permanecía en silencio, aparentemente resignado a su suerte, actitud ésta muy distinta a la de Antonia, que no cesaba de recriminarme el haberle entregado el mapa de Guevara a Welser. Harto de su perorata, la mandé al infierno con tanta rotundidad que, oh milagro, se calló. Rasul seguía sin recuperar el conocimiento.

Y llegó la noche. Los secuaces del Poira cenaron (nosotros no), descorcharon unas cuantas botellas de ron y se emborracharon. Luego se quedaron dormidos como leños, pero no sin antes designar a un hombre para que realizase el primer turno de guardia, un tipo ceñudo que nos dirigía torvas miradas mientras arrancaba bocanadas de humo a un cigarrillo.

Poco después, el campamento se llenó de ronquidos.

Pero yo no lograba conciliar el sueño (prueben a hacerlo con las manos atadas a la espalda) y no dejaba de removerme. Entonces, advertí que Alí Akbar tenía los ojos abiertos.

—¡Rasul! —exclamé.

—Shhh... —siseó él y agregó en voz baja—: Date la vuelta, Jaime. Intentaré desatarte. Luego me desatarás tú a mí.

Hice lo que me pedía y, al poco, noté cómo los dedos de Rasul comenzaban a manipular mis ligaduras con disimulo. Pero algún movimiento sospechoso debimos de realizar, porque el tipo que estaba de guardia se aproximó a la jaula a grandes pasos.

—¿Qué demonios hacéis? —masculló, luego empuñó el fusil que llevaba al hombro y añadió—: ¿Queréis que os quite las ganas de escapar a culatazos?

Entonces sucedió algo asombroso. Primero escuchamos un extraño ruido, algo así como el zumbido que hace una cuerda o una vara al girar muy deprisa. El guardián volvió la cabeza hacia la izquierda, abrió la boca para decir algo... y, de repente, el zumbido cesó y una piedra del tamaño de una naranja cruzó rauda el aire, fue a estrellarse contra la cabeza del vigilante y lo derribó inconsciente.

Durante unos segundos no sucedió nada más. Luego, un hombre surgió de entre las sombras. Llevaba una honda de cuero en la mano y se cubría el rostro con un largo pañuelo, lo cual, unido a la oscuridad reinante, enmascaraba por completo sus facciones. No obstante, gracias al débil resplandor de la fogata, pude ver el parche que le cubría el ojo izquierdo. Y, de nuevo, sentí que la tierra me tragaba, porque aquel tipo era Unojo, el misterioso asesino tuerto que andaba tras mis pasos.

Aunque, para tratarse de un pirata, aquel desconocido se comportó de manera harto extraña. Moviéndose con sigilo para no despertar a los hombres del Poira, amordazó al desfallecido guardián y le ató las manos y los pies con la honda. Luego, abrió la puerta de la jaula, sacó del cinto un cuchillo, y procedió a cortar nuestras ligaduras. Antonia, que, incomprensiblemente, se había quedado dormida, a punto estuvo de gritar cuando el extraño la despertó, pero el tuerto le tapó la boca con la mano y se llevó un dedo al lugar que ocupaban sus labios bajo el pañuelo. Después de liberarnos, Unojo nos indicó por señas que le siguiéramos, cosa que Rasul, Antonia, don Luis y yo hicimos con prontitud.

Nos alejamos, pues, a toda prisa del campamento y seguimos al misterioso desconocido a través de la selva, hasta que, al cabo de diez minutos, llegamos a un lugar donde estaban atados un caballo y una mula. El tuerto tomó las riendas de ambos animales y de nuevo nos indicó por señas que le siguiéramos. Pero Rasul sacudió la cabeza.

—Tengo algo que hacer —dijo en un tono tan gélido que daba escalofríos; señaló hacia una cercana colina y agregó—: Esperad allí. Si no he vuelto dentro de una hora, marchaos sin mí.

Le grité que estaba loco, que le iban a matar, pero Rasul, sin hacer caso a mis protestas, se dio la vuelta y desapareció entre el follaje, de regreso al campa-

mento del Poira. A punto estuve de seguirle, pero el tuerto me lo impidió cogiéndome del brazo y tirando de mí en dirección a la colina. Quince minutos después, cuando alcanzamos la cumbre de aquella breve loma, Unojo detuvo la marcha y se volvió hacia nosotros.

—¿Quién es usted? —le pregunté—. ¿Por qué nos ha ayudado?

Por toda respuesta, Unojo se apartó el pañuelo de la cara y permitió que el débil resplandor de las estrellas iluminara su rostro. Entonces, boquiabierto, exclamé:

—¡Mi padre!

Y dije tal cosa porque aquel pirata tuerto al que yo consideraba un asesino era, en realidad, Fernando Mercader, el autor de mis días.

***

Fue la experiencia más extraña y desconcertante de mi vida. Durante tres años había estado convencido de que mi padre había muerto en el naufragio del *Covadonga,* así que, encontrarme repentinamente con él, allí en lo más profundo de una selva colombiana, supuso para mí una conmoción tan fuerte que me dejó sin habla.

Contemplé a mi padre con ojos atónitos y balbucí algo sin sentido. Él sonrió y dijo: «Hola Jaime». Entonces le abracé y rompí a llorar de alegría, perplejo y feliz al mismo tiempo. El indio don Luis nos contemplaba con indiferencia, como si estuviese tan acostumbrado a las locuras de los europeos que ya nada pudiera extrañarle. Antonia permanecía en silencio, deseando intervenir, pero sin atreverse a hacerlo.

Finalmente, me aparté de mi padre y di rienda suelta a todas las preguntas que se agolpaban en mis labios. ¿Cómo es que estaba vivo? ¿Por qué no se había puesto en contacto conmigo? ¿Qué hacía ahí? Él me escuchó, liando tranquilamente un cigarrillo, lo encendió con un fósforo, dio una larga calada y comenzó a hablar.

Según su relato, logró abandonar el *Covadonga* antes de que se hundiese, pero no pudo alcanzar la playa. En vez de ello, las corrientes le arrastraron mar adentro, hasta perder de vista la costa. Logró sobrevivir a la tormenta aferrándose desesperadamente a un salvavidas, y después, cuando el temporal se calmó, aún tuvo que pasar un día entero a la deriva, ignorando qué acabaría antes con él, si el sol y la sed o los tiburones.

Entonces, cuando mi padre ya se daba por muerto, apareció un barco en el horizonte. Lo malo es que se trataba del *Alcotán,* la nave de Juan Rackham, el último pirata del Caribe. Fue como salir de la sartén para caer en el fuego. En otras circunstancias, Rackham le hubiera dejado morir en el mar, pero recientemente había perdido a uno de sus hombres, así que decidió salvar a mi padre para convertirlo en un miembro más de la tripulación.

—Me vi forzado a dedicarme a la piratería durante un largo año —continuó mi padre—. Aunque era su prisionero, poco a poco me fui ganando la confianza de Rackham. No digo que nos hiciéramos amigos, pero al menos se dignaba a mirarme cuando me hablaba —dio una última calada y arrojó la colilla al suelo—. Había observado que Rackham era muy aficionado a las cartas, en particular al *rumy,* así que un día le propuse echar una partida. «¿Y qué tienes tú para apostar?», preguntó él. «Mi ojo izquierdo», contesté yo; «contra el ancla del barco». A Rackham aquello le pareció muy divertido, así que jugamos y... En fin, tuve una racha de mala suerte y perdí. Entonces me ataron al palo mayor, cogieron un hierro candente y...

Sin concluir la frase, mi padre señaló con un gesto el parche que le cubría el ojo. Me estremecí y le rogué que no entrara en detalles.

—Cuando la herida cicatrizó —continuó él—, volví a presentarme ante Rackham y le dije: «Apuesto mi ojo derecho contra el ancla del barco». El pirata aceptó al instante, encantado ante la posibilidad de dejarme ciego. Pero esa vez gané yo. Al día siguiente jugamos de nuevo: el ancla, que ya era mía, contra el palo mayor. Volví a ganar. Y así día tras día, jugándonos partes del navío, el trinquete, las cuadernas, el bauprés, la sentina o el timón, hasta que un día, diecisiete meses después, Rackham comprendió que le había ganado el barco entero. El *Alcotán* era mío. Lo cual abría ante él dos posibilidades: o se comportaba como un caballero y me entregaba el navío, o zanjaba el asunto rebanándome la garganta. Dado que no cabía la menor duda de cuál iba a ser su decisión, me apresuré a ofrecerle una tercera alternativa. Jugaríamos por última vez: si ganaba él, se quedaría con el barco y yo seguiría siendo su prisionero; si era yo quien ganaba, me dejaría libre, pero él recuperaría igualmente el *Alcotán*. Como no tenía nada que perder, Rackham aceptó, así que jugamos y yo gané, no sólo la partida, sino también la libertad. Finalmente, hará un par de meses, desembarqué en Barranquilla y fui en tu busca, Jaime, aunque ya te habías ido de allí —su ceño se frunció levemente—. Caridad Santos me contó lo de la ruleta trucada y lo del incendio que provocó tu amigo el árabe, pero ya hablaremos de eso. El caso, hijo mío, es que me enteré de que vivías en Cartagena y fui a tu casa. Pero saliste pitando. Y luego seguiste corriendo de un extremo a otro de Colombia, perseguido por Tobías Welser, y yo siempre detrás de ti, intentando darte alcance, hasta que te capturó el Poira. El resto, en fin, ya lo sabes. Lo que no entiendo es a qué viene tanto ajetreo. ¿En qué locura te has embarcado, hijo mío?

Le conté, orgulloso, la historia de Tadeo Guevara, de don Íñigo de Saavedra y de la cruz de El Dorado. Le hablé de la Biblia con los mensajes codificados, y del mapa en la pared, y de cómo habíamos organizado una expedición para recuperar la cruz. Cuando concluí el relato, mi padre, lejos de felicitarme por mi audacia, me contempló unos segundos con cierta reprobación en su mirada, y se disponía a comentar algo cuando Antonia le interrumpió diciendo:

—Lamento entrometerme en tan emotivo encuentro, pero ha transcurrido una hora y Alí Akbar todavía no ha vuelto. Creo que deberíamos marcharnos cuanto antes...

Justo entonces, Rasul surgió de la oscuridad de la noche. Venía con nuestros caballos y con nuestras mulas, y su camisa estaba manchada ahora con una sangre que no era la suya.

***

La Luna, en cuarto creciente, se elevaba sobre el horizonte, iluminando con su pálida luz la verde faz de la selva. Al llegar a nuestra altura, Alí Akbar saltó del caballo y se aproximó a mi padre.

—Gracias —le dijo—; estoy en deuda con usted —contempló con fijeza su rostro y agregó—: ¿Nos conocemos?

—Es mi padre, Rasul —intervine yo.

Como si la súbita resurrección de mi supuestamente muerto progenitor fuese la cosa más natural del mundo, Alí Akbar le miró inexpresivo y dijo:

—Su hijo siempre anda metido en problemas, señor Mercader. Debería vigilar más su educación.

—Tiene usted mucha razón, señor Akbar —aceptó mi padre con un cabeceo—. Creo que he desatendido mis deberes paternos.

Dadas las circunstancias, aquella amistosa charla sobre mi formación se me antojaba del todo absurda, así que me encaré con Rasul y le pregunté:

—Bueno, maldita sea, ¿qué ha pasado? ¿Dónde has estado? ¿Qué has hecho?

En vez de contestar, Rasul volvió la mirada hacia el oscuro horizonte. Entonces me percaté de que llevaba al cinto sus dos Mauser. Pero aquellas pistolas se las había quitado el Poira, lo cual significaba que...

—¿Has matado a Blasco Luján? —pregunté.

Rasul, con la vista perdida en lontananza, permaneció mudo. Volví los ojos hacia el lugar que contemplaba mi amigo y vi, en la lejanía, como una columna de fuego comenzaba a elevarse sobre la selva.

—¡¿Has incendiado el campamento?!

De nuevo, Rasul no dijo nada, pero esta vez clavó sus ojos en los míos, y su ardiente mirada me dijo que ni Blasco Luján, el Poira, ni ninguno de sus secuaces, volverían jamás a cazar hombres para convertirlos en esclavos.

—Caballeros —terció Antonia—, deberíamos irnos. Hay un largo camino hasta Cartagena.

—¿Cómo que Cartagena? —dije yo—. No vamos a regresar. ¡Tenemos que ir a por la cruz!

—¡Le entregaste el mapa a Welser, maldito traidor! —replicó ella—. ¡Será él quien encuentre la cruz!

—De eso nada —repuse con aire triunfal—. El mapa que se llevó Welser está equivocado.

—Pero si lo copié yo misma...

—Copiaste una parte, pero el tramo final del mapa de Guevara lo borré a martillazos antes de que pudieras verlo, ¿recuerdas? Así que las últimas indicaciones para llegar a la cruz te las di yo de palabra —me encogí de hombros—. Y mentí.

Antonia abrió mucho los ojos y puso los brazos en jarras.

—¿Me mentiste? ¡Serás...!

—No estuvo bien, lo reconozco —intenté apaciguarla—. Pero, ahora, lo importante es que Welser va a buscar la cruz justo en dirección contraria a donde en realidad está. ¡Podemos encontrarla antes que él!

Antonia refunfuñó un poco y luego sonrió.

—De acuerdo —dijo—. ¡Vamos a por la cruz de El Dorado!

Mi padre guardó silencio, como si fuera el espectador de una obra cuyo argumento no acabara de convencerle. Pero Rasul, para mi sorpresa, se mostró conforme.

—¿Por qué no? —susurró—. Quitémosle a Welser su preciosa cruz.

Luego, hizo algo muy extraño: volvió la mirada hacia el lejano incendio... y comenzó a bailar.

Fueron sólo unos segundos, pero jamás olvidaré la noche en que Rasul Alí Akbar trenzó los mudos pasos de una danza guerrera, que allí, en medio de una selva tropical, me evocaron las abrasadoras arenas de los desiertos de Oriente.

***

En fin, amigos míos, una cosa era proponerse ir en busca de la cruz, y otra muy distinta llevarlo a la práctica. Porque, aunque yo guardaba el mapa de Guevara en la cabeza, lo cierto es que no teníamos ni idea de dónde nos encontrábamos. Así que comenzamos a discutir sobre cuál era el camino que debíamos tomar. Entonces, don Luis dijo:

—¿Adónde quieren ir?

Nos volvimos hacia él y le contemplamos con sorpresa. Era tan discreto y silencioso que nos habíamos olvidado por completo de que teníamos un guía.

—A un pueblo llamado Uiraracu —respondí yo.

Don Luis asintió con la cabeza.

—Síganme —dijo.

Pese a la oscuridad, don Luis se movía por la selva como si estuviera en el patio de su casa. Al cabo de un buen rato de marcha desembocamos en un sendero que discurría hacia el Sudoeste. Hora y media más tarde alcanzamos una zona plagada de ruinas, cubiertas de vegetación, donde se alzaban enormes esculturas, antiquísimas figuras de piedra que representaban animales siniestros e impasibles rostros humanos. Intimidado por aquellos ojos pétreos que me contemplaban desde el más remoto pasado, comprendí por qué a ese lugar le llamaban el Bosque de las Estatuas.

Minutos después, cruzamos por delante de una escultura que tenía forma de búho (¡El Búho! Ésa era una de las marcas del mapa de Guevara, ¿recuerdan?), y entonces don Luis giró hacia el Oeste, siguiendo el cauce de un arroyo. A medida que avanzábamos en esa dirección, el terreno, antes casi llano, se iba convirtiendo en una cada vez más pronunciada cuesta. Mientras ascendíamos, el aire se tornaba más fresco y la vegetación menos espesa. Finalmente, llegamos al pie de una elevada sierra y allí se detuvo nuestro guía.

—Es peligroso subir a las montañas de noche —dijo—. Descansaremos aquí.

Estaba tan agotado que me dejé caer sobre el suelo y me quedé inmediatamente dormido. Pero el descanso apenas pareció durar un segundo, porque, sin solución de continuidad, noté unos golpes en el brazo, abrí los ojos y comprobé, atónito, que ya había amanecido y que Antonia se encontraba a mi lado, zarandeándome.

—Despierta, perezoso —dijo con una detestable sonrisa—. Nos vamos.

Me incorporé trabajosamente, subí como un autómata a mi caballo, e iniciamos el ascenso a las montañas. Lo hicimos siguiendo un infernal sendero, tan empinado y retorcido como el alma de un usurero. Pronto dejamos la selva a nuestros pies y nos adentramos en un escabroso terreno cincelado en la roca viva. Frecuentemente, la ascensión se tornaba tan penosa que nos veíamos obligados a descabalgar, y cruzábamos estrechas cornisas, suspendidas sobre el vacío, tirando por las riendas de nuestras aterrorizadas monturas. Una de las mulas perdió apoyo y se despeñó. Lo sentí por el pobre animal, pero me alegré de que le hubiera tocado a él y no a mí.

Al cabo de cuatro horas de dura subida, llegamos a una breve meseta, árida y seca, en cuyo centro se alzaba una pequeña colina de forma extrañamente regular. Tardé un poco, pero finalmente comprendí que no se trataba de una colina, sino de una construcción artificial, una pirámide truncada tan vieja y desgastada por la erosión que resultaba casi irreconocible.

—Si mal no recuerdo —dijo Antonia—, ahora hay que girar hacia el Sur y seguir hasta encontrar una cascada.

Esbocé una torcida sonrisa.

—Exactamente eso es lo que debe de estar haciendo ahora Tobías Welser. Pero se equivoca él y te equivocas tú. No hay que ir hacia el Sur, sino hacia el Norte, y lo que tenemos que encontrar es un arco de piedra.

Me erguí, satisfecho, sobre mi montura, sonreí con

confianza a mi padre, le guiñé un ojo a Rasul, y luego, encabezados por don Luis, dejamos atrás la misteriosa pirámide, erigida por una civilización ya desaparecida, para adentrarnos cada vez más en aquellas yermas montañas en cuyo seno se ocultaba el fabuloso tesoro de Saavedra.

***

A causa de la altura a que nos encontrábamos, casi tres mil metros por encima del valle del Magdalena, el aire se había vuelto sutil, ligero hasta tal punto que el menor esfuerzo nos hacía perder el resuello, convirtiendo nuestro aliento en un penoso jadeo.

Atravesamos quebradas y pedreras, salvamos inmensas grietas, eludimos desplomes e hicimos equilibrios sobre abismos sin fondo. Por fin, a media tarde, justo tras doblar un recodo del camino, don Luis se detuvo y dijo escuetamente:

—Uiraracu.

Alcé la mirada y pude ver frente a mí, a escasos ochocientos metros de distancia, un pequeño poblado compuesto por una veintena de chozas de piedra con techos de paja. Justo detrás se alzaban dos picachos gemelos cuyas cumbres estaban unidas por un estilizado arco natural de roca. En el cielo, un solitario y gigantesco cóndor planeaba lentamente.

Exhalé una bocanada de aire. Estaba allí. Lo había conseguido. Ése era el final del camino de Guevara, la equis que marca el lugar donde está enterrado el tesoro.

—El Arco de Piedra —dije sin poder creérmelo—. Hemos llegado.

—Uiraracu significa «Gran Arco» —asintió don Luis.

Luego echó a andar hacia las casas, y nosotros le seguimos en silencio, maravillados y sobrecogidos por pisar, casi cuatro siglos después, la misma tierra que habían hollado don Íñigo de Saavedra y sus hombres, en lo que a la postre sería el fin de su desgraciada expedición. Al menos así me sentía yo, pues por aquel entonces era joven, alocado y romántico.

Dejamos los caballos a la entrada del poblado, que parecía absolutamente desierto, y nos adentramos en sus polvorientas callejas. Unas cabras, encerradas en un pequeño corral, nos recibieron con un coro de balidos. Don Luis se adelantó unos pasos, alzó la voz y dijo algo en un idioma para nosotros incomprensible.

Al cabo de unos segundos, tímidamente al principio, los habitantes de Uiraracu comenzaron a salir de las chozas. Eran cuarenta o cincuenta indios, hombres, mujeres, ancianos y niños, todos ellos cubiertos con humildes sayos de blanca y basta lana, idénticos al que vestía don Luis. De hecho, los lugareños parecían muy contentos de encontrarse con nuestro guía y le saludaban entre abrazos y sonrisas, como si fuera un viejo amigo al que no veían desde hacía mucho.

—¿Le conocen, don Luis? —pregunté.

El indio asintió.

—Nací aquí. Son mis vecinos y mi familia.

—¿Nació aquí? —repetí estupefacto—. ¿Y por qué no nos lo dijo?

—Nadie me lo preguntó —don Luis recorrió nuestros rostros con su inexpresiva mirada y agregó—: Ustedes han venido aquí en busca de la cruz de El Dorado.

No era una pregunta, sino una afirmación. Pese a ello, repuse:

—Pues... podría decirse que sí.

Don Luis echó a andar hacia la parte alta del poblado.

—Síganme —dijo—. Les conduciré a la cruz.

Capítulo nueve

Donde hallamos dos tumbas, un viejo esqueleto y, por fin, la mítica cruz de El Dorado.

Después de tantas desventuras parecía increíble que el final de nuestra expedición resultase tan sencillo. «¿Quieren la cruz? No hay problema; ¿se la llevarán puesta o se la envuelvo?» Pero así estaban las cosas, y no iba a ser yo quien protestase por ello.

Seguimos a don Luis en medio de un expectante silencio. Junto a nuestro guía marchaban seis de los habitantes de Uiraracu, como si fueran un improvisado comité de bienvenida. Dejamos atrás las últimas casas y recorrimos los escasos cien metros que nos separaban del cementerio del pueblo. Era un lugar pequeño, circundado por una rústica valla, en cuyo interior podían verse varias decenas de tumbas. Todas estaban marcadas con cruces de madera, pero ninguna tenía lápida. Don Luis entró en el camposanto y se detuvo junto a dos sepulcros algo apartados del resto.

—Hace muchos años —nos dijo—, vinieron aquí tres hombres blancos que también buscaban la cruz de

El Dorado. Uno de esos hombres se volvió loco y mató a sus compañeros. Luego, él mismo los enterró. Éstas son sus tumbas.

Contemplé con curiosidad los dos enterramientos que señalaba nuestro guía y advertí que en cada una de las cruces había un nombre grabado: AGUSTÍN ESPEJO y TOMÁS LÓPEZ. ¡Eran los otros dos miembros de la expedición de Guevara! De modo que el viejo Tadeo los había asesinado... Pero, ¿por qué?

—¿Por qué lo hizo, don Luis? —pregunté—. ¿Por qué ese hombre mató a sus compañeros?

—También mató a muchos de nosotros —contestó—. Yo era entonces un niño, pero recuerdo muy bien su locura.

—Sí, lo entiendo. Pero, ¿qué le enloqueció?

Don Luis tardó unos segundos en responder.

—La cruz —dijo finalmente—. Perdió la razón al ver la cruz.

—Ya que hablamos de eso —terció Antonia, impaciente—, ¿dónde está la cruz?

Los siete indios intercambiaron miradas entre sí y, luego, sin despegar los labios, abandonaron en grupo el cementerio, siguiendo un sendero que parecía conducir a uno de los dos picachos gemelos (el de la izquierda). Fuimos tras ellos y, al poco, llegamos a la entrada de una gruta situada justo en la base del risco. La cueva medía unos tres metros de altura por dos de anchura y, a causa de la oscuridad reinante en su interior, resultaba imposible determinar su profundidad. Apoyadas contra la roca, en la entrada, había un par de antorchas. Mientras las encendía, don Luis nos dijo:

—Es la Cueva del Español.

Le entregó una de las teas a mi padre y, enarbolando la otra, penetró en la gruta. Mientras le seguíamos, el ondulante resplandor de las antorchas nos reveló que las paredes de la caverna estaban cubiertas de pinturas, tan antiguas, supuse, como las ruinas que habíamos encontrado en el camino.

El pasadizo por el que discurríamos se internaba en la montaña a lo largo de unos veinte metros y acababa desembocando en una cámara mucho mayor, a juzgar por los ecos que despertaban nuestros pasos. Don Luis se detuvo al llegar allí y bajó la antorcha para iluminar algo que había a su lado.

—El Español —dijo.

Sobre un lecho natural de roca yacía un viejísimo esqueleto cubierto con yelmo, coraza de acero, apolillados calzones de algodón, raídas calzas y unas botas de cuero tan resecas que parecían a punto de convertirse en polvo. Entre lo que habían sido sus manos, el esqueleto sujetaba una herrumbrosa espada.

—Hay unas iniciales —susurró mi padre, examinando la empuñadura del arma—. Una «I» y una «S».

Hablábamos en voz baja, como si estuviéramos en una iglesia. Antonia contempló las negras oquedades de la calavera.

—Es don Íñigo de Saavedra, mi antepasado...

—¡Oh, vamos! —repuse—. Un día te llamas Guevara, al otro Rodríguez y al siguiente Saavedra. ¿Cómo te llamarás mañana? ¿Cleopatra?

Antonia me dirigió una mirada despectiva, pero no parecía dispuesta a entablar discusión alguna, pues se

volvió hacia don Luis y le preguntó con mal reprimida impaciencia:

—¿Y la cruz?

Don Luis se dirigió hacia el fondo de la caverna. Remontó con agilidad un pequeño túmulo de piedra, se detuvo al llegar a lo alto y extendió la mano donde portaba la antorcha. Y, entonces, la rojiza luz de la llama iluminó la mítica cruz. Estaba allí, encastrada en la roca, y sus medidas eran exactamente las que me había dicho el padre Buenaventura: dos metros de alto por uno y medio de ancho. Pero no estaba hecha de oro, sino de madera, y no había ni rastro de esmeraldas.

La cruz de El Dorado no era más que dos viejos tablones entrecruzados.

***

—No puede ser... —musitó Antonia, anonadada.

—Pe-pe—pero... —balbucí yo, igualmente estupefacto—. ¿Y el oro, y las joyas?...

—No existen —contestó don Luis—. Nunca han existido.

Antonia parecía encontrarse al borde de un síncope nervioso.

—No puede ser —insistió con voz trémula—. La *Crónica* de Oñate hablaba de un tesoro... Tiene que haber otra cruz en alguna parte...

Don Luis descendió lentamente del túmulo rocoso y se aproximó a nosotros.

—No hay otra. Ésta es la única cruz de El Dorado. La trajo un guerrero español que vino a estas tierras, para morir, hace muchos siglos, y desde entonces aquí ha estado.

—Pero, ¿y el oro y las esmeraldas? —repetí, sin poderme creer del todo lo que estaba sucediendo.

—Mentiras —repuso don Luis—. Leyendas.

Antonia profirió un gemido, se dejó caer de rodillas, ocultó el rostro entre las manos y, por primera vez desde que la conocía, se echó a llorar. Yo también me sentía fatal. Había recorrido el país de cabo a rabo, había arriesgado mi fortuna y mi vida, y todo para encontrar una miserable cruz de madera. Me apoyé contra una piedra, incapaz de reaccionar. De soslayo, vi que mi padre trepaba por el túmulo de piedra y examinaba los maderos de la cruz. Al cabo de un minuto, tras fruncir brevemente el ceño, volvió a bajar del túmulo, se aproximó a mí y me puso una mano en el hombro.

—No te preocupes, Jaime. Unas veces se gana y otras se pierde.

Pero aquella vez me había tocado perder, pensé de mal humor. Además, estaba cansado, deprimido y arruinado, y no veía razón alguna para no preocuparme.

—Bueno, esto se acabó —musitó Antonia, incorporándose, mientras se enjugaba las lágrimas con un pañuelo—. Vámonos.

—De aquí no se va nadie —dijo, inesperadamente, una voz a nuestras espaldas.

Todos giramos la cabeza simultáneamente y vimos a Tobías Welser y a sus diez pistoleros, junto a la entrada de la gruta, apuntándonos con sus armas.

***

—Lograsteis escapar del Poira, ¿eh? —dijo Welser, avanzando hacia nosotros con un revólver en la mano izquierda—. ¡Será imbécil ese maldito Luján! —se encaró conmigo—. Me diste un mapa falso, ¿verdad, niño? No encontramos ninguna cascada ni ningún pueblo llamado Meta. De modo que dimos la vuelta y lo que sí encontramos fue vuestro rastro. Lo seguimos y aquí estamos —de pronto, me propinó una brutal bofetada y agregó a gritos—: ¡Nadie se burla de mí, niño!

—¡Deje en paz al muchacho!... —exclamó mi padre, abalanzándose sobre Welser, pero se detuvo en seco al ver que éste le encañonaba entre ceja y ceja.

—¿Quién eres tú? —preguntó Welser con curiosidad.

—El padre del chico. Ya sé que es un poco atolondrado, pero es cosa de la edad y...

—¿Su padre? —le interrumpió Welser—. ¿Pero qué broma es ésta?... —de pronto, sus ojos se dilataron al recordar algo—. ¡El moro! —exclamó—. ¡¿Dónde está el moro?!

Confuso, me percaté de que hacía un buen rato que no veía a Rasul. Welser, visiblemente alarmado, cogió a Antonia por un brazo y apoyó el cañón del revólver contra su cabeza.

—Akbar —dijo, amartillando el percutor—. ¿Dónde está?

Antonia palideció levemente, pero mantuvo el tipo.

—No lo sé. Estaba aquí hace unos minutos; luego le perdí de vista.

Welser apartó a la muchacha de un empellón y ordenó a sus hombres que buscaran a Rasul. Los diez pistoleros se pusieron entonces a registrar de arriba abajo la caverna.

—Aquí no hay nadie —dijo poco después uno de ellos.

—¡Maldita sea! —mascultó Welser, contrariado; luego, tragó saliva y forzó una sonrisa displicente—. No importa, ya aparecerá. Estad atentos —se volvió hacia mí—: Bueno, niño, ha llegado el momento de hablar de nuestras cosas. ¿Es aquí donde se encuentra la cruz de El Dorado?

—Sí... —repuse con un hilo de voz.

—¿En esta cueva?

Asentí. Welser miró en derredor y luego me contempló con las cejas arqueadas.

—Aquí sólo he visto el mugriento esqueleto de Saavedra. Pero no mi cruz. ¿Dónde está?

Sabía que la respuesta no iba a gustarle lo más mínimo, así que me quedé mudo, como si una mano invisible me oprimiera el gaznate. Afortunadamente, intervino don Luis.

—Está ahí, señor. Sobre esas rocas.

Welser miró en la dirección que le indicaba el indio, cogió una de las antorchas y, a grandes zancadas, remontó el pequeño promontorio. Y entonces, cuando la llama de su tea iluminó la cruz de madera, se quedó quieto, inmóvil como una estatua, incapaz de asimilar lo que estaba viendo.

—¿Qué diablos es esto?...

—La cruz de El Dorado, señor —repuso don Luis.

Hecho una furia, Welser bajó a toda prisa del túmulo, se aproximó a don Luis y le cogió con brusquedad por la pechera del sayo.

—¡No te burles de mí, indio! —le espetó a la cara—. ¡La cruz que busco es de oro y esmeraldas!

—Esa cruz no existe, señor. Es una leyenda.

—¡Mientes! —gritó Welser; luego, con los ojos inyectados en sangre, aproximó la llama de la antorcha al rostro del indio—. La habéis escondido, ¿verdad? —susurró—. Pues si no me dices inmediatamente dónde está la cruz, te abraso la cara.

Los cabellos de don Luis crepitaron bajo el calor de la llama, pero el indio, imperturbable, fijó sus ojos en los de Welser y dijo en tono reposado:

—Señor, ¿cree que si tuviéramos un tesoro tan valioso viviríamos como vivimos?

Era un argumento irrefutable. Welser contempló la raída indumentaria de don Luis y los restantes indios, y debió de recordar la miseria de aquel pueblucho perdido en las montañas, y se dio cuenta de que la cruz de El Dorado sólo era un sueño, que, como todos los sueños, se desvanecía al despertar. Entonces, ciego de ira y frustración, apartó a don Luis de un empujón, arrojó la antorcha al suelo, alzó los puños y profirió un grito de rabia. Luego, dejó caer la cabeza, respiró profundamente y ordenó:

—Partiremos al amanecer. Esta noche acamparemos en el poblado. Quiero que haya siempre cinco hombres de guardia.

—¿Qué hacemos con ellos? —preguntó uno de sus secuaces, señalándonos a Antonia, a mi padre y a mí—. ¿Los matamos?

Welser sacudió la cabeza.

—No. Mientras vivan el moro intentará rescatarlos. Entonces le cazaremos a él.

***

Los hombres de Welser instalaron sus tiendas de campaña a las afueras del pueblo, sacrificaron un par de cabras (sin el permiso del dueño, por supuesto) y las pusieron a asar sobre una hoguera. A nosotros nos ataron una vez más las manos a la espalda y nos confinaron en un rincón del campamento, bajo permanente vigilancia.

Antonia guardaba silencio, con la mirada perdida, como si ya no le importara lo que pudiera pasarle. Mi padre procuraba darnos ánimos e incluso contó un par de chistes que no me hicieron la menor gracia, porque, si he de ser sincero, yo estaba hecho polvo. En apenas unos minutos había perdido la cruz de El Dorado y la libertad, y no tardaría en perder también la vida, a menos que, antes, Rasul nos rescatase. Ésa era mi última esperanza.

Más tarde, al anochecer, el infierno se desató sobre Uiraracu. Welser había sacado una botella de whisky de sus alforjas y llevaba un buen rato bebiendo directamente del gollete. Lo hacía en silencio, reconcentrado, pero con evidente entusiasmo, pues cuando el Sol se puso tras las montañas, la botella estaba vacía y él, completamente borracho.

Entonces, una muchacha india salió de una choza para recoger una cesta de patatas. Welser se incorporó tambaleante, se aproximó a ella, comenzó a molestarla y, por último, intentó abrazarla. El padre de la chica, al oír los gritos, salió a su vez de la choza y se enfrentó a Welser. Éste empuñó su revólver y disparó a bocajarro contra el hombre, que cayó exánime al suelo.

Alarmados, los habitantes del pueblo salieron de sus casas y Welser, que parecía haber perdido la razón, comenzó a disparar contra ellos, aunque, afortunadamente, estaba borracho y no llegó a herir a nadie más. Sus secuaces se sumaron entonces al caos disparando al aire, y los indios, entre gritos y lamentaciones, abandonaron el pueblo a la carrera, huyendo de lo que parecía una muerte cierta.

Cuando el lugar quedó vacío, Welser profirió una seca carcajada, cogió una antorcha y comenzó a prenderle fuego a las techumbres de paja de las cabañas. A los pocos minutos, el poblado de Uiraracu ardía por los cuatro costados y Welser, recortado contra las llamas, reía sin parar, como un demonio sanguinario y feroz.

Aparté la mirada y mis ojos se llenaron de lágrimas. Y lloré desconsoladamente por mí, y por aquellos pobres indios, y por Antonia, y por mi padre, y por todo el dolor que mi ciega ambición había causado entre tantos inocentes. Y recé, supliqué que Rasul apareciera como un ángel vengador, enarbolando sus temibles Mauser, y que castigara a los malvados, y que nos liberara a nosotros, y que...

Pero no, aquella noche no vino Alí Akbar.

***

Al día siguiente, poco después del amanecer, abandonamos las humeantes ruinas de Uiraracu, cuyos habitantes aún permanecían escondidos, e iniciamos el regreso al valle del Magdalena. Si la subida a las montañas había sido difícil y peligrosa, el descenso, con las manos atadas a la espalda, supuso una prueba inhumana. En más de una ocasión estuve a punto de despeñarme y, de no ser por las palabras de aliento de mi padre, que me animaba constantemente a seguir adelante, creo que no hubiera podido superar aquel trance.

Al caer la tarde alcanzamos la selva y nos internamos en el Bosque de las Estatuas. Los hombres de Welser instalaron el campamento cerca de donde se encontraban las ruinas precolombinas, y de nuevo me enfrenté a aquellas figuras descomunales y a sus gélidas miradas de piedra, que ahora se me antojaban cargadas de negros augurios.

Welser estaba cada vez más nervioso y se sobresaltaba ante el menor ruido, como si temiese que una fiera salvaje le estuviera acechando. Pero no, no era una fiera la causa de su miedo, bien lo sabía yo, sino la constante amenaza que para él suponía Alí Akbar, el temible guerrero árabe, su némesis.

Sin embargo, aquella noche tampoco apareció Rasul.

***

El Sol despuntó por encima del horizonte, derramando su luz dorada a través de los inmensos árboles de la jungla, y de nuevo nos pusimos en marcha. Welser y sus hombres iban a caballo, pero Antonia, mi padre y yo marchábamos a pie, en fila india, enlazados por una cuerda como animales, y eso pese a que aquellos bandidos llevaban nuestras monturas en la retaguardia, sin jinete ni carga. Mas, al parecer, querían que caminásemos, ¡y vaya si caminamos! Como mulas.

Horas después, tras cruzar sin descanso la selva, comprendí que jamás había estado tan agotado (un récord del que, por cierto, no me sentía nada orgulloso). Pero si yo estaba mal, Antonia se encontraba al borde del desfallecimiento. De hecho, al mediodía, la muchacha se derrumbó sobre el suelo, incapaz de dar un paso más. Uno de los pistoleros desmontó de un salto y la empujó con el tacón de la bota.

—Levántese —gruñó.

Antonia gimió quedamente y permaneció tirada en mitad del sendero. Entonces, desde su montura y sin molestarse siquiera en volver la cabeza, Welser ordenó:

—Si no se levanta, pégale un tiro y deja su cuerpo entre la maleza. Tenemos prisa.

El pistolero desenfundó su revólver y apuntó a la cabeza de Antonia.

—Ya ha oído, señorita. Más vale que se ponga en pie.

—¡Levántate, Antonia! —grité—. ¡Vamos, puedes hacerlo!

Ella, con los ojos cerrados, sacudió la cabeza.

—No puedo...

—¡Sí que puedes! —insistí—. ¿O es que sólo eres

una mujer debilucha que no vale ni la mitad que un hombre? ¿Es eso?

Antonia abrió repentinamente los ojos y me miró con furia.

—¡Maldito niñato! —masculló mientras se ponía en pie trabajosamente—. ¡Te voy a enseñar lo que vale una mujer!...

Y echó a andar de nuevo. ¡Bravo por ella!, pensé; aquella muchacha tenía redaños, de eso no cabía duda. Aunque, en el fondo, ¿qué más daba? Estábamos maltrechos y agotados, e incluso mi padre caminaba en silencio, arrastrando los pies, sin fuerzas ya para animarnos con su sempiterno optimismo. Yo sabía que si nos convertíamos en una molestia, Welser no vacilaría en acabar con nosotros, así que, a menos que sucediese un milagro, nuestro final estaba próximo.

Afortunadamente, el milagro no tardó mucho en suceder.

***

Ocurrió por la tarde. Nos encontrábamos cerca del lugar donde la selva daba paso a los montes que conducían al valle. La zona que atravesábamos albergaba una vegetación tan tupida que hacía imposible el avance de un jinete, de modo que Welser y sus hombres habían descabalgado y marchaban más despacio, llevando sus monturas por las riendas, lo cual supuso un momentáneo alivio para Antonia, para mi padre y para mí.

Tras recorrer un buen trecho plagado de zarzas, enredaderas y arbustos, el sendero acababa desembocando en un amplio claro flanqueado por enormes árboles. Y ahí comenzó todo. Porque delante de nosotros, bloqueando el paso, se agrupaba una treintena de indígenas, inmóviles y silenciosos, como si nos estuvieran esperando. Welser, que ocupaba la posición de cabeza, se detuvo frente al grupo.

—Quitaos de en medio —ordenó despectivo.

Ni un solo indio se movió.

—¿Estáis sordos, atajo de salvajes? —bramó Welser al tiempo que desenfundaba su revólver—. ¡He dicho que os qui...!

Las palabras murieron en sus labios. Porque en aquel momento, surgiendo de cada sendero, de cada trocha, de cada vereda, por el Norte y por el Sur, por el Este y por el Oeste, llegaban decenas, centenares, miles de indios. Era una marea humana incontenible, una inundación de gente que se congregaba a nuestro alrededor, formando un denso e infranqueable círculo.

Todos eran de raza india, humildes agricultores pobremente vestidos. Ninguno llevaba armas de fuego y sólo unos pocos portaban arcos y flechas. La mayoría esgrimía machetes, azadas o, simplemente, palos. Uno a uno parecían inofensivos, pero todos juntos componían una fuerza terrible.

Welser y sus hombres empuñaron las armas e, intimidados por el número de sus adversarios, se aproximaron unos a otros, formando una piña erizada de fusiles y revólveres. Ninguno se atrevió a disparar, pues sabían que, en cuanto lo hicieran, se desencadenaría una matanza en la que ellos, por simple diferencia numérica, llevarían la peor parte. Welser, con el rostro desencajado, miraba a un lado y a otro, buscando en vano una vía de escape.

Los indios se quedaron inmóviles a nuestro alrededor, sin hacer nada, sin decir nada, sin pestañear siquiera. La verdad es que le ponía a uno los pelos de punta aquella multitud silenciosa. Entonces, uno de los indígenas se destacó de los demás y avanzó hasta detenerse frente a Welser. Era don Luis.

—Desde hace muchos años —dijo en tono pausado—, tus secuaces han estado esclavizando a mi gente, Tobías Welser. Ahora, tú has venido aquí y has matado a un pobre hombre que sólo quería defender a su hija, y has disparado contra nosotros, y has incendiado nuestros hogares. Pero nosotros decimos basta ya, y hemos venido para acabar con tus desmanes.

Welser apuntó con su revólver a don Luis.

—Sois un atajo de zarrapastrosos y no me dais ningún miedo —dijo, aunque el temblor de su voz parecía contradecirle—. Dile a esa gentuza que se largue inmediatamente o te reviento la cabeza de un disparo.

—Puedes matarme —repuso don Luis, impávido—. Podéis matarnos a centenares. Pero no tenéis balas suficientes para todos y, al final, pereceréis —se volvió hacia los pistoleros—: No tenemos nada contra vosotros, sólo nos interesa vuestro jefe. Si tiráis las armas os dejaremos partir. Hacedlo y os juro que respetaremos vuestras vidas.

—¡Que nadie se mueva! —ladró Welser—. ¡Yo os pago y obedeceréis mis órdenes!

Pero sus hombres no parecían estar muy de acuerdo con aquello. Contemplaron a los miles de indios, nada amistosos, que los rodeaban, se miraron entre sí, evaluaron en silencio la situación y decidieron que lo primero de todo era salvar el pellejo. Así que, uno a uno, comenzaron a arrojar sus armas sobre el verde suelo de la selva.

—¡Malditos traidores!... —bramó Welser.

E intentó amartillar su revólver, pero dos fornidos indios se abalanzaron sobre él, le sujetaron por los brazos y le desarmaron. Entre tanto, los pistoleros habían comenzado a atravesar, tirando de sus monturas, el estrecho pasillo que la muchedumbre había abierto para permitir su paso. Escasos segundos después, partían al galope, y estoy seguro de que jamás se les volvió a ver por esas tierras.

Don Luis se aproximó entonces a Antonia, a mi padre y a mí, y cortó con su machete las ligaduras que nos mantenían atados. Frotándome las muñecas, me volví hacia él y le dije:

—Nos ha salvado la vida, don Luis. Muchas gracias, yo...

—No quiero tu agradecimiento —me interrumpió—. Vosotros tenéis gran parte de culpa en lo que ha pasado. Sois tan ambiciosos como esos bandidos.

En el fondo tenía razón, así que puse cara de póquer, volví la mirada... Y de pronto, destacando sobre los indios por su elevada estatura, distinguí a Alí Akbar. El corazón me dio un vuelco. Eché a correr hacia él y le abracé con fuerza, y le hubiera cubierto de besos de no ser porque me pareció un gesto escasamente viril.

—¿Dónde estabas? ¿Qué te ha pasado? ¿Cómo es

que desapareciste? —le pregunté atropelladamente.

Rasul aguardó a que me tranquilizara y repuso:

—Estábamos en la cueva. Como no me gustan los sitios cerrados salí al exterior. Entonces vi a Welser y a sus hombres. No había tiempo para avisaros, así que me oculté.

—¿Y esto? —pregunté, señalando con un ademán a la multitud que nos rodeaba—. ¿Has tenido tú algo que ver?

Rasul contempló, creo que con simpatía, a aquella gente humilde y callada, de ojos rasgados y piel cobriza.

—Los indios viven en pequeños pueblos —dijo—, en grupos muy reducidos. El aislamiento los hace débiles. Yo me limité a sugerirles que, todos juntos, podrían vencer a Welser. El resto lo han hecho ellos.

A Welser le acababan de atar las manos, lo cual no parecía haberle sentado nada bien, pues no cesaba de proferir amenazas mientras intentaba desasirse de los hombres que le sujetaban. De golpe, como si la mención de su nombre hubiese conjurado su atención, advirtió la presencia de Alí Akbar.

—¡Tú! —exclamó con furia—. ¡Tú tienes la culpa! ¡Te mataré, moro! ¡Te arrancaré los ojos!...

Rasul le miró con indiferencia y luego, sin molestarse en contestar a sus amenazas, se aproximó a don Luis.

—¿Qué haréis con Welser? —preguntó.

—Se quedará aquí, prisionero, hasta que pague todo el daño que ha hecho.

—Tened cuidado. Es un hombre peligroso.

Don Luis asintió y luego nos dijo:

—Ahora ya sabéis que en estas tierras no hay nada que pueda interesaros. Regresad a vuestros hogares, y decidle a todos que la cruz de El Dorado no existe.

Acto seguido, don Luis se dio la vuelta y comenzó a internarse en la selva. Y el resto de los indios, como si obedecieran una muda consigna, se pusieron también en movimiento, regresando por los mismos senderos y veredas que habían utilizado para llegar allí. A Welser se lo llevaron a rastras. Sus gritos y amenazas, cada vez más débiles en la distancia, eran el único sonido que rompía el silencio.

Unos minutos después, Antonia, mi padre, Rasul, nuestros caballos y su seguro servidor nos quedamos solos en aquel calvero, un tanto sobrecogidos por la repentina soledad. Volví la cabeza y vi que Antonia estaba sentada sobre una piedra, con los codos sobre las rodillas, el mentón apoyado en las manos y una profunda expresión de abatimiento en el rostro.

—¿Estás bien? —le pregunté.

—He viajado dos mil kilómetros en balde, me han hecho prisionera, tengo los pies destrozados, estoy sucia, creo que tengo piojos y huelo mal. ¿Cómo quieres que esté?

Mi padre le dedicó una sonrisa y dijo en tono galante:

—Las rosas, señorita, incrementan su belleza cuando florecen entre el estiércol.

Antonia irguió el busto con repentina coquetería y le devolvió la sonrisa. Y yo alcé los ojos al cielo en un gesto de muda resignación, pues, aun con tres años más y un ojo menos, mi padre seguía siendo el impenitente Tenorio de siempre.

—Aún quedan tres horas de luz —intervino Rasul—. Deberíamos aprovecharlas para salir de la selva antes del anochecer.

Suspiré con cansancio.

—Sí —dije—. Volvamos a casa.

Capítulo diez

Donde mi padre expone una teoría y se desvelan las palabras secretas de Tadeo Guevara.

Si el viaje de ida fue un purgatorio, el de vuelta resultó todavía peor, pues en el primer caso nos movía el acicate de la esperanza, pero en el segundo arrastrábamos el peso de la derrota. No me extenderé, por tanto, en relatar los pormenores de nuestro regreso. Baste decir que atravesamos páramos y sabanas, subimos montes y barrancos, cruzamos pantanos y selvas, nos asamos bajo el sol y temblamos de frío empapados por la tormenta, pero esta vez en sentido inverso, hacia el Norte. Para colmo de males, el último tramo de nuestro viaje coincidió con el comienzo de la temporada de lluvias. Y les juro, amigos míos, que si no han visto caer agua en el trópico no saben lo que es llover.

Finalmente, cuatro meses y medio después de nuestra partida, cansados, maltrechos y desmoralizados, llegamos a Cartagena.

La negra Yocasta me recibió con tanto alborozo que

llegué a pensar que, más allá de sus sarcasmos, me apreciaba realmente. Napoleón también se mostró aliviado al verme, creo que porque se les estaba acabando el dinero y veía en mí el retorno de su fuente de ingresos. Por supuesto, me abstuve de decirle que estaba arruinado.

Rasul ocupó su antiguo cuarto. Antonia y mi padre también se alojaron en la casa, aunque en distintas habitaciones, pese, creo yo, a los deseos de mi padre. En cuanto a mí, me encerré en el dormitorio y pasé los siguientes tres días durmiendo como un lirón. Pero al cuarto día comprendí que ya no podía dormir más, o me saldrían llagas por el roce con las sábanas. De modo que, después de desayunar, decidí desentumecerme un poco dando un paseo por la ciudad.

***

Cartagena no había cambiado durante mi ausencia. ¿Por qué iba a hacerlo? Apenas habían transcurrido cinco meses desde que me fui, aunque a mí se me antojaran una eternidad. Pero no, todo seguía igual. El sol de la mañana se colaba radiante por entre los tejados de las viejas casas coloniales, el aire olía a flores y a fritura, las vendedoras de fruta pregonaban a gritos la bondad de sus productos, y negros y mulatos, indios y blancos deambulaban por las calles en medio del traqueteo de los carros y el tintineo de las tartanas.

Hacía un día espléndido para caminar, así que dejé atrás la Calle del Arsenal y el Fuerte del Pastelillo y continué el paseo hacia los muelles, dirigiendo, de cuando en cuando, melancólicas miradas a la bahía y, más allá, a los manglares de Bocagrande que verdeaban en el horizonte.

No fue fruto del azar el que mis pasos me llevaran hacia el puerto. Allí se encontraba el Café Boyacá, el tugurio de Adamantios Zolotas. Recuerden que yo estaba sin blanca, pues lo había perdido todo en mi fracasada expedición, así que Pequeño Jim, el tahúr más joven del Caribe, tendría que volver al trabajo. No es que me hiciese gracia tratar de nuevo con aquel griego traidor, pero en el fondo comprendía que si Zolotas me entregó a Welser fue por miedo, y el miedo, como solía decir mi padre, es un caballo desbocado.

Y, hablando de mi padre, no le había comentado mis propósitos, de modo que ignoraba cuál sería su opinión al respecto. Después de creerme huérfano durante tres años, supongo que debía empezar a acostumbrarme a que, como menor de edad, me hallaba sujeto a la tutela paterna. Tan concentrado estaba en mis cavilaciones que di un respingo cuando alguien me saludó diciendo:

—Buenos días, Jaime.

Volví la cabeza, sobresaltado, pero me tranquilicé al descubrir que se trataba del padre Buenaventura, el párroco de la iglesia de Santo Domingo.

—Ah, hola, padre.

—Hacía mucho que no te veía.

—Sí..., bueno, he estado de viaje.

—Ya lo sé —dijo el sacerdote—. Has ido al sur del país, a la región de Huila, en busca de la cruz de El Dorado.

Alcé las cejas, perplejo.

—¿Cómo lo sabe?

—Mira —contestó él, señalando una pareja de indios que pasaba frente a nosotros—: esa gente es tan humilde, tan discreta, que, aunque están por todas partes, nadie les presta atención. Pero tienen ojos y oídos, e inteligencia de sobra para comprender lo que pasa. Además, las noticias viajan más rápido que las personas. Fueron los indios de mi parroquia quienes me pusieron al tanto de tus aventuras —hizo una pausa y agregó—: No encontraste la cruz, ¿verdad?

Me encogí de hombros.

—No. Al menos no encontré la que buscaba.

—Pero todas las cruces son la misma cruz, Jaime. Y todas representan lo mismo: a Jesús.

—Supongo que sí. Pero la cruz que yo buscaba era un poquito distinta. Ya sabe.

El sacerdote me contempló con no poca pesadumbre, como si yo fuera una oveja descarriada a la que resultara imposible hacer volver al redil.

—¿Has aprendido algo de todo esto? —preguntó de repente.

—Sí. He aprendido que nunca hay que emprender un viaje sin antes estar seguro de que existe un buen motivo para hacerlo. Y ahora, padre, discúlpeme, pero estoy cansado y quiero regresar a casa.

Me disponía a darme la vuelta cuando el padre Buenaventura me contuvo poniendo una mano sobre mi hombro.

—Eres mejor persona de lo que tú mismo crees, Jaime —dijo.

Asentí con cara de circunstancias, me desasí suavemente de la mano del sacerdote y eché a andar de regreso a casa, sintiéndome, sin saber por qué, mucho más deprimido y cansado que cuando salí de ella.

***

A la mañana siguiente, Antonia nos comunicó que pensaba irse ese mismo día.

—Ya no tengo nada que hacer aquí —dijo—, y no es educado abusar de la hospitalidad ajena.

—¿Adónde irás? —pregunté.

—Primero a Barranquilla, luego a Santa Marta y después... —hizo un gracioso mohín—. Bueno, quizá vaya a Venezuela, o a Panamá, no estoy segura.

Nada más llegar a Cartagena, Antonia se había lavado con piedra pómez hasta eliminar el último rastro de suciedad, se deshizo de los piojos mediante una loción de simientes de cebadilla, arregló sus cabellos recogiéndolos en la nuca y devolvió el color a sus mejillas mediante una sabia y discreta aplicación de colorete. Ahora, vestida con una falda pantalón y una blusa de satén, estaba muy hermosa. Por extraño que parezca, me entristecía verla partir, pues aunque se trataba de una muchacha mentirosa, irritante y coqueta, también es cierto que era valiente, tenaz y buena compañera.

Mi padre, que, pese a la fiereza que le confería el parche sobre el ojo, había recuperado igualmente su mejor aspecto, insistió en que Antonia se quedase un poco más, por lo menos hasta después de comer. Ella adujo que tenía el caballo ensillado y el equipaje en las alforjas, pero mi padre se negó a aceptar una negativa por respuesta.

—Celebraremos un banquete de despedida, charlaremos amigablemente, y luego brindaremos por el futuro. Además —añadió en tono misterioso—, tengo algo que comentar con vosotros.

En fin, se mostró tan persuasivo que Antonia no tuvo más remedio que acceder. Yocasta preparó sopa de guasca, un delicioso estofado de carnero con yuca y ensalada de frutas, y mi padre descorchó una botella de vino de California, pero aquella comida distó mucho de ser el alegre ágape que habíamos imaginado. A Rasul parecía haberle cansado más lo mucho, para su gusto, que había tenido que hablar durante el viaje que el viaje en sí, y no despegó los labios salvo para llevarse la cuchara a la boca. Yo, por mi parte, no me encontraba de buen humor y Antonia parecía ausente, así que, salvo por la animada verborrea de mi padre, comimos en silencio, en medio de un ambiente un tanto fúnebre.

Tras el postre, y mientras Yocasta servía los cafés, mi padre llamó nuestra atención haciendo tintinear una copa con el canto de su cuchillo.

—Amigos míos, os ruego que me escuchéis —dijo—. Me incorporé tarde a vuestra expedición y, si he de ser sincero, sólo seguí adelante por estar al lado de mi hijo, pues nunca he sido partidario de despojar de sus bienes a quienes tienen menos que yo. Y los habitantes de aquel pueblucho de las montañas, bien lo sabéis, eran pobres como ratas —se llevó las manos a la espalda y comenzó a pasear de un lado a otro del salón—. Sin embargo —prosiguió—, dadas las circunstancias, creo que debo haceros partícipes de un par de cuestiones que me vienen rondando la cabeza últimamente. En primer lugar, todos visteis la cruz de madera que había en la Cueva del Español. Don Luis nos dijo que era la cruz de El Dorado, es decir, la cruz que mandó construir Saavedra en el siglo XVI. Pues bien, examiné esa cruz y ni remotamente tenía cuatrocientos años de antigüedad. La madera había sido envejecida artificialmente, supongo que con cal viva y tinturas, pero os puedo asegurar que la cruz que nos mostraron fue fabricada hace no más de veinte o treinta años.

Antonia dejó de remover su café y contempló a mi padre boquiabierta.

—¿Quiere decir que los indios nos engañaron? —permaneció unos instantes pensativa—. O sea que, cuando llegaban forasteros al pueblo, escondían la auténtica cruz y la sustituían por una de madera...

—Eso mismo pensé —asintió mi padre.

—¿Y por qué no nos lo dijiste? —intervine yo.

—En primer lugar, porque, como he dicho, no me parece decente robar a los pobres —me miró con severidad—. Y ése es un principio que creía haberte inculcado, Jaime, hijo mío —suspiró—. Pero no, no creo que los indios conserven la cruz, porque la historia que nos contó don Luis carece de sentido. Veamos: Guevara, Espejo y López llegan a Uiraracu, van a la Cueva del Español y descubren que la cruz de El Dorado no es más que un par de palos claveteados. Entonces, Guevara se vuelve loco, dispara contra los indios y asesina a sus dos compañeros. ¿Por qué hizo tal cosa? En fin, no digo que la decepción no pudiera perturbar su juicio, pero no hasta el punto de conducirle al asesinato —hizo una pausa y, alzando un dedo, agregó—: Sin embargo, la codicia sí que es un buen motivo para el crimen.

—No le sigo, señor Mercader —dijo Rasul.

—Pues es muy sencillo, amigo Akbar. Permítame exponerle cómo creo yo que sucedieron los hechos: Guevara, Espejo y López llegaron a Uiraracu, fueron a la Cueva del Español y encontraron la cruz de El Dorado, la auténtica, con todo ese oro y todas esas esmeraldas. Y decidieron quedársela, pero los habitantes del poblado se opusieron, de modo que dispararon contra ellos, provocando una matanza. Luego, Guevara enloqueció, sí, pero de ambición. Debió de pensar que, en vez de compartir aquel tesoro, mejor sería quedárselo para él solo, así que asesinó a Espejo y a López, y luego se llevó la cruz.

—Se llevó la cruz —repitió Antonia, perpleja—. Entonces, ¿qué hizo con ella? ¿Y dónde está ahora?

—No tengo ni idea, querida. Todo parece indicar que Guevara perdió definitivamente el juicio durante su viaje de regreso. Puede que extraviara la cruz, puede que la escondiera. ¿Dónde? Lo ignoro —se volvió hacia mí—. Sin embargo, Jaime, tú me hablaste de que Guevara había dejado dos mensajes secretos en una Biblia, y que uno de ellos no lo habías conseguido descifrar. ¿Podrías traer esa Biblia?

Yo estaba asombrado por el nuevo, e inesperado,

rumbo que de pronto tomaban los acontecimientos. Después de todo, ¿la cruz de El Dorado existía? ¿Y quizá aún pudiéramos dar con ella? Esa posibilidad me hacía flotar entre nubes, pero el estupor no me impidió echar a correr hacia mi cuarto, en busca de la Biblia de Tadeo Guevara.

***

Yocasta canturreaba por lo bajo una cumbia mientras recogía la mesa, pero ninguno de nosotros le prestaba atención, pues todos estábamos pendientes de mi padre, que en aquel momento examinaba la serie numérica que Guevara había escrito en su Biblia, comparándola con el papel donde yo había traducido el mensaje cifrado.

—Vamos a ver si lo entiendo —dijo tras un buen rato de reflexión—. Estos números son en realidad las páginas de un libro de Edgar Allan Poe y lo que tú hiciste, Jaime, es tomar la primera letra de cada una de esas páginas y ponerla en lugar de su número correspondiente.

—Eso es.

—Bien —prosiguió mi padre—. Una vez descifrado, la primera parte del mensaje dice: «El camino para la cruz de El Dorado está tras el manto de la Virgen».

—Se refiere a una pintura de Guevara —apuntó Antonia—. Una Asunción, al lado de la cual había un mapa —se acarició el mentón, pensativa—. Y, ahora que lo pienso, ¿por qué se molestó en pintar el mapa, si sabía que la cruz no estaba en Uiraracu?

—Quizá para despistar —sugerí—. Si alguien andaba tras la cruz, Guevara le mandaría así al lugar más alejado de ella; es decir, donde estuvo y ya no está.

—Puede ser... —asintió mi padre con un cabeceo—. Pero ahora centrémonos en la segunda parte del mensaje. «Buscar en San Marcos como Legrand en el escarabajo». No parece tener mucho sentido... —meditó unos instantes y sugirió—: Quizá en la casa había otra pintura, una imagen de san Marcos.

¡Dios santo!, pensé consternado; en eso no había caído. Antonia sacudió la cabeza con tristeza.

—Me temo que no —dijo—. Ya había considerado esa posibilidad. Un día, fui a la casa de Guevara y pasé horas examinando las pinturas. Y no había ninguna imagen de san Marcos, ni tampoco de un león, que es su símbolo.

Mi padre cerró la Biblia de golpe, respiró profundamente, se rascó la cabeza y, tras unos segundos de silencio, dijo:

—Pues me rindo, no lo entiendo. ¿Quién es «Legrand»? ¿Y qué «escarabajo» es ése?

—El Escarabajo de Oro —intervino, inesperadamente, Yocasta.

Ninguno de nosotros se había dado cuenta, pero hacía un buen rato que mi negra sirvienta, en vez de recoger los platos y los cubiertos, permanecía atenta a nuestra conversación. Mi padre se volvió hacia ella con una amable sonrisa y preguntó:

—¿Cómo ha dicho, señora?...

—Que el escarabajo del que habla ese texto cifrado

es el Escarabajo de Oro.

—¿Y qué es el Escarabajo de Oro? —pregunté yo.

Yocasta suspiró con resignación, como si la magnitud de mi incultura no dejara de asombrarla.

—Un cuento, amito Jaime —repuso en ese tono entre humilde y pedante a que me tenía acostumbrado—. Yo sólo soy una pobre negra sin educación, pero he creído entender que el difunto señor Guevara cifró su mensaje utilizando como clave un libro de Allan Poe. Pues bien, el señor Bustamante, mi antiguo amo, admiraba a ese escritor. De hecho, el propio Poe era un gran aficionado a la criptografía, como también lo fue el brillante Félix–Marie Delastelle...

—¡Quieres ir al grano, maldita sea! —mascullé.

—Oh, sí, amito Jaime —dijo ella, burlona—. El caso es que tuve la satisfacción de leer para mi antiguo amo los relatos de Poe. Y hay uno de esos cuentos que recuerdo muy bien; su título es *El Escarabajo de Oro* y el protagonista se llama Legrand.

El más expectante de los silencios sirvió de marco para un rápido intercambio de miradas asombradas.

—Prosiga, señora, se lo ruego —dijo mi padre.

—Ese cuento versa sobre un misterioso pergamino donde hay un mensaje cifrado con la clave para encontrar el tesoro del capitán Kidd. El protagonista del relato, William Legrand, descifra fácilmente el mensaje. Y aquí considero oportuno señalar que el sistema de cifrado que empleó Poe en su cuento era de sustitución (es decir: se sustituye cada letra por un signo distinto), muy semejante, aunque no igual, al que usó el señor Guevara en su Biblia. Pero, y esto es lo más importante, en el pergamino de Poe había otro mensaje oculto. Y digo «oculto» en vez de «cifrado», porque se trataba de un mensaje escrito con tinta simpática.

—¿Y qué demonios es «tinta simpática»? —pregunté.

De nuevo la mirada de Yocasta me recorrió de arriba abajo, con no poca indulgencia.

—Tinta invisible, amito Jaime —contestó en el mismo tono que emplearía un aya para explicarle algo evidente a un niño no demasiado avispado—. Cuando escribes con ella, no la ves, pero luego, aplicándole el reactivo adecuado, se torna visible.

La cabeza empezaba a darme vueltas.

—¿Quieres decir —pregunté— que en la Biblia de Guevara, en el Evangelio de san Marcos, hay un mensaje escrito con tinta invisible?

—Oh, no sé, amo Jaime. Yo sólo soy una negra inculta.

Sentí ganas de matarla, pero, en vez de ello, le pregunté:

—¿Cómo se vuelve visible esa tinta?

—Hay muchas clases de tinta simpática. Tenemos el esmalte de turquí o el régulo de cobalto disuelto en espíritu de nitro. Esas tinturas se tornan visibles cuando se les aplica calor. Y lo mismo sucede con el jugo de limón.

—¿Qué? —pregunté; aquello me recordaba algo...

—Si escribes usando zumo de limón en vez de tinta —explicó Yocasta—, no podrás ver las letras. Pero cuando calientes el papel, los trazos dejados por el jugo se volverán de color marrón oscuro.

Entonces me acordé. Meses antes, mientras examinaba la Biblia de Guevara, percibí un leve aroma a limón, ¿recuerdan? ¡A limón!

Me abalancé sobre la Biblia y pasé rápidamente las hojas hasta llegar al Evangelio de Marcos. No tuve que buscar mucho. En la primera página, justo encima del encabezamiento, había un espacio en blanco. Allí, el papel estaba un poco rugoso, como si en algún momento se hubiera mojado. Y olía a limón. Mi padre se apresuró a traer un quinqué. Antonia, con no menor diligencia, aplicó un fósforo a la mecha. Y yo, cuidadosamente, aproximé la primera página del Evangelio de Marcos a la oscilante llama de la lámpara.

Al cabo de unos segundos, cuando el papel se hubo calentado, un nuevo mensaje de Tadeo Guevara comenzó a formarse, como por arte de magia, delante de nuestros estupefactos ojos.

***

Supongo que el viejo Guevara no quería ponernos las cosas fáciles, o quizá era tan aficionado a la criptografía que no podía evitar expresarse con galimatías, o puede que estuviese tan rematadamente loco que nada de aquello tuviera sentido. En cualquier caso, el nuevo mensaje que sacó a la luz el calor de la llama decía:

«LA CRUZ ESTÁ EN MATEO 27, 57-61.»

—Esto es el cuento de nunca acabar —musitó Antonia—. ¿Vamos a ir saltando de evangelio en evangelio?

—Pero estamos en el buen camino —repuso mi padre en tono optimista—. Veamos: el mensaje hace referencia a determinado pasaje del Nuevo Testamento, así que lo primero es buscarlo.

Comencé a hojear con escasa convicción el Evangelio de san Mateo, pero no tardé en desistir.

—No sé cómo se maneja esto —confesé—. ¿Qué son esos números?

La respuesta me llegó de quien menos podía esperarlo.

—Veintisiete es el capítulo —dijo Rasul— y los otros números, los versículos —cogió la Biblia de entre mis manos, buscó rápidamente en el texto de Mateo y me señaló el párrafo adecuado—. Éste es —concluyó.

Me quedé con la boca abierta.

—¿Conoces la Biblia, Rasul?

—Sí. ¿Conoces tú el Corán, Jaime?

No, no lo conocía. Ni tampoco la Biblia, al menos no en profundidad. El párrafo indicado por Tadeo Guevara llevaba por título *Sepultura de Jesús*, y decía así:

Llegada la tarde, vino un hombre rico de Arimatea, de nombre José, discípulo de Jesús. Se presentó a Pilato y le pidió el cuerpo de Jesús. Pilato entonces ordenó que le fuese entregado. Él, tomando el cuerpo, lo envolvió en una sábana limpia y lo depositó en su propio sepulcro, del todo nuevo, que había sido excavado en la peña, y corriendo una piedra grande a la puerta del sepulcro, se fue. Estaban allí María Magdalena y la otra María, sentadas frente al sepulcro.

De nuevo se produjo un silencioso intercambio de miradas.

—Ahí no habla de ninguna cruz —señaló Antonia.

Mi padre parpadeó varias veces con su único ojo.

—¿Qué querría decirnos Guevara con este texto? —comentó.

Nuestras miradas convergieron en Yocasta, pero mi negra sirvienta se encogió de hombros y, desentendiéndose del asunto, comenzó a recoger la mesa. Bueno, pensé; hasta ahí habíamos llegado. Le entregué la Biblia a mi padre, me dejé caer sobre un sillón y cerré los ojos. Me dolía la cabeza y estaba harto de tanto enigma. Mejor era dejarlo correr.

Pero no, no podía hacer eso. Era imposible que Guevara se hubiese tomado tantas molestias para nada. Así que me obligué a mí mismo a poner en marcha aquel torpe cerebro mío. ¿De qué hablaba el párrafo de san Mateo? De José de Arimatea, del cuerpo de Jesús, de Pilatos, de un sepulcro...

Entonces, inesperadamente, tuve una revelación. Fue uno de esos raros momentos en que advertimos con total claridad la perfección del universo, y todo adquiere un significado, y ninguna pieza queda sin encajar. Recordé un lugar, y también un nombre. Luego, como si la luz que se había instalado en mi mente quisiera iluminar hasta la última de mis neuronas, me puse a jugar con las letras del nombre, y las hice girar, y las cambié de posición, y obtuve de este modo algo nuevo y revelador.

Me puse en pie bruscamente, los ojos dilatados y los labios entreabiertos en un gesto de estupor.

—¿Te ha sentado mal la comida, Jaime? —preguntó mi padre—. Estás muy pálido.

—Tenemos que irnos... —murmuré con un hilo de voz.

—¿Irnos? ¿Adónde?

Sonreí triunfalmente, orgulloso como un pavo de mi propia inteligencia, y exclamé:

—¡A la casa de Tadeo Guevara!

***

Dejamos los caballos atados frente al hogar del viejo Tadeo, que ahora se veía más solitario, abandonado y triste que nunca, y conduje a mi padre, a Antonia y a Rasul al terreno situado en la parte trasera del edificio.

—No había estado aquí —comentó Antonia—. Nunca fui más allá de la casa.

Me detuve y señalé el árbol que se alzaba frente a mí.

—Ahí se suicidó Tadeo Guevara —dije.

Antonia vio la tumba que había a los pies del árbol y se aproximó para leer la inscripción que figuraba en la lápida.

—¿Quién es Adela Zurdo Cordel? —preguntó.

—Nadie —respondí y, luego, tras una pausa un tanto teatral, agregué—: Es otro de los juegos de Guevara, un anagrama, ¿no lo entendéis? «Adela Zurdo Cordel» tiene exactamente las mismas letras que «La cruz de El Dorado», sólo que cambiadas de posición. Comprobadlo vosotros mismos.

Antonia sacó de su bolso lápiz y papel y, asomando la puntita de la lengua por la comisura de los labios (en un gesto que entonces, lo reconozco, se me antojó encantador), comenzó a reordenar las letras tal y como yo había indicado.

—¡Es cierto!... —exclamó a los pocos segundos—. Por tanto la cruz se encuentra...

—¡Enterrada en esta tumba! —concluí—. Por eso Guevara escogió ese párrafo de la Biblia. La cruz es el símbolo de Jesús, de modo que cuando san Mateo dice que introdujeron el cuerpo de Jesús en un sepulcro, lo que el viejo Tadeo quería decirnos es que la cruz se encuentra en una tumba. ¿Cuál? La única que hay en su jardín.

Me contemplaron todos con admiración y yo, durante unos segundos, me sentí el tipo más listo del planeta. Fue un momento mágico al cual, por desgracia, Antonia no tardó en poner fin.

—Entonces —dijo—, ¿a qué diablos estamos esperando?

A nada, por supuesto. Fuimos en busca de las palas que, previsoramente, había traído conmigo, apartamos la lápida de granito y nos pusimos a cavar con inusitado vigor.

***

Supongo que debíamos de ofrecer una imagen muy extraña, tres hombres y una mujer profanando una tumba bajo el tibio sol de la tarde, pero afortunadamente la propiedad de Guevara se encontraba en una zona apartada y nadie nos interrumpió.

Al cabo de media hora, cuando habíamos ahondado más o menos un metro de profundidad, la pala de Rasul chocó contra algo duro. Apartamos la tierra con las manos y apareció ante nosotros una superficie de madera. Con renovados ánimos nos pusimos de nuevo a cavar, ampliando el agujero, pues lo que allí estaba enterrado era de considerable tamaño.

Tras muchos esfuerzos, dejamos al descubierto una enorme caja de madera, más ancha que un ataúd normal, pero de tosca factura. Nos costó Dios y ayuda sacarla del agujero, pues pesaba una barbaridad, pero finalmente conseguimos depositarla sobre la hierba, junto a los montones de tierra que habíamos extraído.

Nos quedamos mirándola, en silencio, repentinamente apocados, sin atrevernos a dar el último y lógico paso. Fue Rasul el primero en reaccionar. Con ayuda del canto de su pala, desclavó la tapa y la apartó a un lado, dejando al descubierto lo que había en el interior de la caja.

Exhalé una bocanada de aire y murmuré un quedo «Dios mío». Porque ahí, delante de mis ojos, relucía en todo su esplendor la mítica y prodigiosa cruz de El Dorado.

—Qué maravilla... —musitó mi padre, asombrado.

Tenía razón; era el objeto más deslumbrante que pudiera concebirse. Una cruz latina de anchos brazos, enteramente confeccionada en oro y cubierta por decenas, por centenares de esmeraldas, pequeñas, grandes o enormes. Pero, con ser inmenso, no era su valor material lo que la hacía tan extraordinaria.

Los orfebres quimbayás que confeccionaron la cruz por orden de don Íñigo de Saavedra la habían adornado profusamente, incorporando a ese símbolo cristiano, que ellos no podían comprender, imágenes procedentes de su propia religión. Serpientes y jaguares, pájaros, lagartos y seres mitológicos, rostros humanos congelados en extrañas muecas, toda una maraña de figuras exquisitamente labradas en el oro de la cruz, rodeadas por un entramado geométrico de filigranas y salpicadas por el verde resplandor de las esmeraldas.

—Miradlo —dijo Antonia—. Mirad ese oro y esas joyas. Debe de valer millones... —se echó a reír con nerviosismo—. ¡Somos ricos!

Rasul, sus inexpresivos ojos fijos en la cruz, murmuró:

—Es muy hermosa.

Lo era. Bellísima. La recorrí otra vez con la mirada y, de pronto, advertí que en el fondo de la caja había un papel plegado. Me incliné para cogerlo y lo desdoblé. Era una carta escrita con la cuidada caligrafía del viejo Tadeo. Antonia, mi padre y Rasul me contemplaron expectantes, así que me aclaré la voz con un carraspeo y comencé a leer en voz alta.

A quien haya encontrado la cruz de El Dorado:

Me llamo Tadeo Guevara y soy un pecador. Nadie hay sobre la faz de la tierra tan miserable como yo, nadie tan abyecto. Muchos son mis pecados, pero entre ellos hay uno que destaca por su inmensa vileza. Lo tienes ante ti, representado por esta cruz que yo manché de sangre y de oprobio.

En 1870 encontré una vieja carta en la que se describía con detalle el camino para encontrar la cruz de El Dorado, el fabuloso tesoro de Saavedra. Un año más tarde, gracias a la financiación de Simón Welser, organicé junto a Tomás López y Agustín Espejo una expedición en su busca. La encontramos tres meses después, en el pueblo de Uiraracu, y se la robamos a sus habitantes. Aquellos indios quisieron impedirlo, pero disparamos nuestras armas contra ellos. Ése fue mi más atroz pecado. Todavía hoy, cuando cierro los ojos para intentar conciliar el sueño, escucho sus lamentos y rememoro su dolor.

Pero, por aquel entonces, yo era un hombre ambicioso y cruel, y la sangre vertida entre los inocentes no había hecho más que despertar a la fiera que había en mí. «¿Por qué compartir ese tesoro con otros?», pensé. Y entonces, cegado por la codicia, asesiné fríamente a mis dos compañeros.

Luego, me llevé la cruz de regreso al Norte, a través de todo el país. Marchaba alucinado, desconfiando de todo y de todos, eludiendo los poblados y las personas, ocultándome en covachas y madrigueras, como una alimaña. Cuando murió la mula que transportaba la carga, yo seguí arrastrando la cruz, tirando de ella bajo un sol de plomo.

Un día, no sé cuándo ni dónde, mientras caminaba desfallecido de hambre y de sed, pero sin dejar de arrastrar la cruz, me abandonaron definitivamente las fuerzas. Caí al suelo, agotado, cerré los ojos y supe que iba a morir. Ignoro cuánto tiempo permanecí allí, aturdido y exhausto, pero de pronto escuché una voz que hablaba dentro de mi cabeza. La voz dijo que yo era un gran pecador, que había cometido actos de gran vileza, pero que mi vida sería preservada, brindándoseme así la posibilidad de expiar mis culpas. Luego, la voz enmudeció y perdí de nuevo el conocimiento.

Más tarde, apareció un hombre, un humilde indígena, que sació mi sed y me alimentó sin formular pregunta alguna. Cuidó de mí durante un día y una noche, y aunque vio la cruz no intentó arrebatármela. Cuando se fue, me dejó parte de sus provisiones. Ni siquiera llegué a saber su nombre.

Tras recobrar las fuerzas, oculté la cruz en una cueva y regresé a Santa Marta, pero yo no era ya el mismo hombre. Ahora, el peso de la culpa se abatía sobre mí como una pesada losa y comprendí que nunca podría retornar a mi vida anterior. Abandoné a mi esposa, fui en busca de la cruz y la llevé, oculta, a Cartagena. Arranqué una de las esmeraldas —otro pecado más— y con el dinero que obtuve por ella compré una casa y un pequeño terreno, un lugar donde ocultar mi vergüenza.

Sé que me fue concedida una segunda oportunidad, que Dios mismo extendió su Gracia sobre mí y salvó mi vida, pero también sé que me fue impuesta una penitencia: devolver la cruz a quienes se la había arrebatado. Sin embargo, no puedo hacerlo, me falta el valor necesario para regresar a Uiraracu y enfrentarme a los hombres que había herido, y mirar cara a cara a las mujeres cuyos hijos y maridos asesiné.

No, no soy capaz de hacerlo; la cobardía es uno más de mis muchos pecados. Por eso me he conver-

tido en un borracho, para espantar los recuerdos. Pero la memoria es un tirano difícil de doblegar que siempre acaba por imponer su ley, devolviéndome un pasado que me llena de dolor y de arrepentimiento. Ignoro cuánto tiempo más podré soportar esta carga.

No obstante, aún me queda una última esperanza: encontrar a alguien, un alma pura, que haga en mi lugar lo que yo no me atrevo a hacer. Ahora, ocultaré la cruz en un falso sepulcro. He dispuesto una serie de claves secretas que entorpecerán la rapiña de quienes buscan la cruz por codicia, pero que quizá iluminen el entendimiento de aquel que está destinado a cumplir mi penitencia, si es que consigo encontrar al hombre adecuado.

Ignoro si tú eres esa persona, o si ha sido el azar lo que te ha conducido a esta tumba, pero si lees mi carta, eso quiere decir que también has encontrado la cruz de El Dorado. No te dejes cegar por su brillo, que la avaricia no hiera tu corazón, porque te convertirías en cómplice de mis pecados.

Te lo suplico: ve a Uiraracu y devuélveles la cruz a sus legítimos dueños.

La carta iba firmada por Tadeo Guevara y Ortiz. Me froté los ojos con el índice y el pulgar y suspiré. Mi padre carraspeó y cambió el peso del cuerpo de un pie a otro. Rasul, como siempre, no dijo nada.

—Bueno, el viejo Tadeo estaba como un cencerro —comentó Antonia con displicencia—. El Sol y la bebida debieron de afectarle al cerebro.

¿Sí? Ya no estaba tan seguro de eso. La lectura de

aquella carta me había dejado un regusto amargo en la boca. Contemplé de nuevo la cruz y pensé en la inmensa fortuna que obtendríamos por ella, y en la vida regalada que podría llevar en adelante, y tales pensamientos endulzaron el amargor de mis labios y me llenaron de júbilo. A fin de cuentas, lo había conseguido. ¡La cruz de El Dorado era mía!

—Tenemos compañía —dijo entonces Rasul.

Alcé la mirada y casi me caigo de espaldas al ver que ocho hombres se aproximaban a nosotros desde la casa. Luego me tranquilicé un poco, pues advertí que en cabeza marchaba el padre Buenaventura, para volver a sobresaltarme al descubrir que junto a él caminaban don Luis Obando y seis de los habitantes de Uiraracu.

***

Precipitadamente, me interpuse entre los recién llegados y la cruz, como si así pudiera ocultarla.

—Hola... —dije, con una boba sonrisa—. Qué sorpresa...

—Buenas tardes, Jaime —me saludó el padre Buenaventura—. Veo que has encontrado lo que buscabas.

En fin, ¿qué podía hacer? La cruz estaba ahí y era demasiado ostentosa como para negarlo. Tragué saliva y asentí con la cabeza. Entonces, don Luis se adelantó unos pasos, nos contempló con sus ojos de estatua y dijo:

—Hasta vuestra llegada a Uiraracu, creíamos que el hombre que nos robó la cruz la había vendido hacía mucho tiempo. Por eso pusimos en la Cueva del Español otra de madera, en memoria de la que nos fue robada.

—Y también para engañar a los forasteros —observó Antonia con el ceño fruncido.

—Sólo queríamos que nos dejaran en paz —don Luis hizo una pausa antes de proseguir—: Os oí hablar durante el viaje y comprendí que aún había una esperanza de recuperar la cruz. Por eso, cuando os fuisteis de nuestra tierra, os seguimos hasta aquí. La cruz de El Dorado es nuestra. Nos fue robada y queremos recuperarla —se llevó una mano a la empuñadura del machete que llevaba al cinto—. Si os oponéis —advirtió—, lucharemos por ella.

—¡De eso nada! —exclamó Antonia—. Desciendo en línea directa de don Íñigo de Saavedra, y la cruz me pertenece en herencia...

—Por favor —la interrumpí, harto de aquella cantinela—, no empieces otra vez con eso.

—Pero es cierto —protestó ella—. Tengo papeles que lo demuestran...

—Entonces —intervino el padre Buenaventura—, tu antepasado era un ladrón, muchacha. Saavedra le robó a los antecesores de estos indios el oro y las esmeraldas que luego sirvieron para hacer la cruz. Y luego, Tadeo Guevara llegó muchos años después y también les robó, y mató a su gente —suspiró—. Ese pueblo ha sufrido mucho por causa de una leyenda. Dejad que se lleven lo que es suyo.

La cabeza me daba vueltas. No sabía qué hacer. De pronto, tuve una brillante idea.

—Lleguemos a un acuerdo —dije—: Venderemos la cruz. La mitad de lo que obtengamos será para ellos, y la otra mitad para nosotros.

El padre Buenaventura movió lentamente la cabeza de un lado a otro.

—Sigues sin entenderlo, Jaime. Ellos no pretenden recuperar la cruz por su valor. La quieren porque la veneran, porque tienen fe en lo que representa. No desean fundir su oro ni arrancarle las esmeraldas. Lo que anhelan es llevarla de regreso a Uiraracu, al lugar de donde nunca debió salir. Estos hombres han recurrido a mí para que interceda por ellos. Permite que se lleven la cruz, Jaime, te lo ruego.

Bueno, ahí estaba yo, sumido en un mar de dudas y convertido en el centro de todas las miradas. Los indios, el cura, mi padre, Rasul, Antonia, todo el mundo parecía pendiente de mí. Pero lo cierto es que estaba mareado y confuso, y no sabía qué decisión tomar.

Intenté calmarme, pensar, aclarar las ideas. Entonces, me hice una pregunta: ¿por qué Tadeo Guevara me había entregado a mí la Biblia con la clave para encontrar la cruz? Porque una noche, me contesté, le salvé de una paliza y le di un poco de dinero. Entonces él me eligió para cumplir su penitencia. Proferí, por lo bajo, una desganada risa. El viejo Tadeo debía de estar muy desesperado si creía que yo era el alma más pura que podía encontrar.

Contemplé a los indios. Estaban decididos a luchar para recuperar la cruz, eso había dicho don Luis. Miré a Rasul. Permanecía inmóvil, tenso, con las manos muy próximas al lugar donde ocultaba sus pistolas. Yo sabía que si los indios nos atacaban, Rasul podría acabar con ellos antes de que lograran hacernos un rasguño. ¿Era eso lo que quería?

No, amigos míos; soy un granuja, pero no esa clase de granuja.

—De acuerdo —acepté con un suspiro—. Que se la lleven.

—¡Bravo, muchacho! —exclamó mi padre—. ¡No esperaba menos de ti!

Antonia nos dirigió una mirada horrorizada.

—¿Pero es que os habéis vuelto locos? —se volvió hacia Alí Akbar—. ¡Impídeselo, Rasul, la cruz es nuestra, la hemos encontrado nosotros!

Rasul no se molestó en contestar. Creo que él también estaba satisfecho de mi decisión.

—Soy la heredera de Saavedra... —insistió Antonia, ya casi sin fuerzas para oponerse.

—Déjalo ya —dije con cansancio—. Tienen razón, la cruz es suya.

Uno de los indios fue en busca de un carromato tirado por un famélico mulo. Cuando regresó, sus compañeros se aproximaron a la caja de madera que contenía la cruz, la levantaron con gran esfuerzo y la subieron al carro. El padre Buenaventura se aproximó entonces a mí con una beatífica sonrisa en los labios.

—Has obrado bien, hijo mío —dijo—. Creo que por fin has comprendido que existe una justicia más...

—Un momento, padre —le interrumpí, malhumorado—. Sé que estoy haciendo lo que debo, pero eso no significa que me guste hacerlo. Hace un momento era millonario y ahora estoy sin un céntimo. De acuerdo, lo acepto. Pero como se ponga a echarme un sermón, padre, le juro que le estrangulo aquí mismo.

El sacerdote se echó a reír.

—Como quieras, Jaime. Mantendré la boca cerrada.

En fin, amigos míos, puede que en aquel momento yo fuera un ejemplo de rectitud, pero eso no me hacía particularmente feliz. De hecho, me sentía como si me hubieran arrancado una muela sin anestesia. Deprimido, observé a los indios mientras instalaban la cruz en el carro. Al terminar de hacerlo, cogieron la tapa de madera que yacía en el suelo, y se disponían a cerrar la caja cuando don Luis, interrumpiendo la tarea, se volvió hacia mí y me llamó con un gesto.

Me aproximé. Entonces él empuñó su machete, se inclinó sobre la cruz y, con ayuda de la hoja, desprendió una de las esmeraldas. Luego, siempre sin decir nada, la puso en mis manos. Me quedé con la boca abierta, contemplando aquel verdoso cristal tan grande como un huevo de gallina. Los indios, entre tanto, cerraron la caja y la cubrieron con unas mantas de alpaca. Acto seguido, en absoluto silencio, comenzaron a alejarse. El padre Buenaventura se despidió de nosotros con una bendición y se unió a la comitiva.

Ahogué un gemido. Ahí se iba la cruz de El Dorado, y con ella mis sueños. Adiós a la gloria, adiós a la fortuna... Apenas un minuto después, carro, indios y cura desaparecieron tras la casa de Guevara. Regresé junto a Rasul, Antonia y mi padre y les mostré la esmeralda.

—Me la ha dado don Luis —dije sonriente.

Mi padre acercó su único ojo a la piedra preciosa.

—Es muy pura —comentó.

—Y grande —añadió Rasul.

Antonia, con una expresión desolada en el rostro, no dijo nada.

—Venga, no te lo tomes así —intenté animarla—. Cuando vendamos esta esmeralda recuperaremos con creces el dinero que invertimos en la expedición.

—Sí... —Antonia profirió un sollozo—. Pero en la cruz había muchas más...

Y rompió a llorar como una Magdalena. Mi padre, siempre caballeroso, la rodeó con un brazo y le palmeó suavemente el hombro, intentando consolarla.

—Vamos, vamos, señorita Saavedra, tranquilícese. Es usted joven y la vida aún le depara muchas oportunidades.

—Claro... —gimoteó Antonia—; todos los días va una encontrándose tesoros por ahí...

Guardé la esmeralda en el bolsillo del pantalón y esperé a que la sesión de llanto concluyera, cosa que no tardó en suceder, pues aquella muchacha, justo es reconocerlo, no era amiga de las lágrimas. Antonia sorbió por la nariz, fue en busca de su bolso, sacó un espejito y comenzó a retocarse el maquillaje. Al acabar, restaurada ya la armonía de su rostro, regresó a nuestro lado y anunció:

—Me voy, caballeros. Si me apresuro, podré llegar a Barranquilla antes de que sea noche cerrada.

—¿Y la esmeralda? —pregunté—. Supongo que querrás tu parte.

—Os mandaré mi dirección para que me enviéis el

dinero —Antonia sonrió con ironía—. Imagino que no hago mal fiándome de tres idiotas que son capaces de regalarle una fortuna a unos indios —adoptó un porte de dama sofisticada—. Caballeros, como dicen en Francia: *«au revoir»*.

Mi padre, galante como un marqués, le besó la mano. Rasul, siempre distante, permitió que ella le besara en la mejilla. Luego, Antonia se aproximó a mí, me tomó por el brazo y dijo:

—Acompáñame hasta mi caballo, Jaime, por favor.

Discretamente, mi padre y Rasul se quedaron atrás, recogiendo las herramientas, mientras Antonia y yo nos dirigíamos lentamente, en silencio, hacia la zona frontal de la casa, donde se encontraban nuestras monturas. Al llegar allí, Antonia se detuvo y me miró con fijeza.

—Es el momento de la despedida —dijo con voz aterciopelada—. Pero no quería irme sin decirte algo: eres todo un hombre, Jaime. Valiente, gentil y arrojado. Y quiero que sepas que, durante este tiempo que hemos pasado juntos, he llegado a sentir por ti un gran aprecio...

Aquellos grandes, profundos y oscuros ojos suyos me miraron entornados, con dulzura, y entonces ella se aproximó a mí, y posó sus labios en los míos, y... Bueno, amigos, no es que yo fuera absolutamente inocente en ese terreno. Había tonteado con más de una muchacha, allí, en Cartagena, no era la primera vez que me besaban.

Pero jamás lo habían hecho de ese modo.

Sentía el cuerpo de Antonia apretado contra el mío,

sus manos acariciándome, las mías en su cintura, y notaba su calor, y su perfume, y percibía el dulce sabor de sus labios, y me vi embargado por una plácida sensación de abandono... Y, entonces, cuando un volcán comenzaba a despertar en mi interior, ella se apartó de mí, me miró con ternura a los ojos, suspiró y dijo:

—Lástima que no tengas cinco años más —sonrió—. Adiós, Pequeño Jim; ha sido un placer conocerte.

A continuación, montó en su caballo y partió con un suave trote. Y yo me quedé ahí, viendo cómo se alejaba, desconcertado y sin aliento, hasta que oí unos pasos a mi espalda.

—Cierra la boca, don Juan —dijo mi padre con picardía—, que se te ha puesto cara de tonto.

Recompuse el gesto, carraspeé, me ajusté la ropa y volví de nuevo la mirada hacia la ya lejana silueta de Antonia.

—Es una gran mujer... —murmuré, soñador.

—Es un peligro —replicó Rasul—. Atrae los problemas casi tanto como tú.

—¿Nos vamos? —sugirió mi padre, desperezándose—. Tengo la espalda molida de tanto cavar y estoy deseando sentarme en una buena butaca.

Subimos a los caballos y emprendimos el regreso. Cabalgábamos con expresión taciturna y reservada, sin apenas hablar. No parecíamos muy animados, pero cada vez que yo notaba el bulto de la esmeralda en mi bolsillo, experimentaba una punzada de optimismo, no lo niego.

***

Llegamos a casa apenas un cuarto de hora más tarde. Napoleón se ocupó de nuestras monturas y mi padre le pidió a Yocasta que nos preparara unos julepes de menta. Luego, fuimos al salón y nos derrumbamos sobre los sillones.

Cerré los ojos. Estaba cansado y sucio, pero no me apetecía moverme. Un rayo de sol se colaba por la ventana y me acariciaba el rostro. En aquel momento, y pese a que aún era temprano, me hubiera quedado dormido allí mismo. Pero mi padre me sacó del dulce sopor que me embargaba diciendo:

—Jaime, hijo mío: déjame ver otra vez ese maravilloso cristal verde.

Introduje la mano en el bolsillo, cogí la esmeralda y se la tendí. Entonces me di cuenta de algo: lo que sostenía en la mano no era una esmeralda, sino una piedra.

Desorbité los ojos. Sí, no cabía duda, tenía más o menos la misma forma y tamaño que la esmeralda, pero era una maldita piedra sin valor alguno. Demudado, me puse en pie bruscamente y comencé a rebuscar en los bolsillos y a tantearme la ropa. Pero la esmeralda había desaparecido.

—¿Sucede algo, Jaime? —preguntó mi padre.

Entonces lo comprendí todo. Y creí que me moría.

—¡La esmeralda!... —exclamé desolado—. ¡Antonia!...

—¿Cómo?

La impresión era tan fuerte que apenas podía pronunciar palabra.

—Cuando me besó... —musité—. No me di cuenta... Se la llevó...

Rasul se inclinó hacia mí y me miró de hito en hito.

—¿Antonia te ha robado la esmeralda? —preguntó con incredulidad.

—Sí...

—¿Y te la quitó cuando te besaba?

—Sí...

Entonces sucedió algo increíble. Durante unos segundos, Rasul permaneció impávido, con las cejas alzadas y sus ojos fijos en los míos. Y, de repente, las comisuras de sus labios se curvaron hacia arriba... ¡Y se echó a reír!

¿Pueden creerlo, amigos míos? Hacía tres años que conocía a Rasul y, durante todo ese tiempo, jamás le había visto esbozar, tan siquiera, una sonrisita. ¡Demonios, pero si era más serio que un funeral! Y sin embargo, ahora, justo cuando una desaprensiva acababa de robarnos todo lo que teníamos, ahí estaba el misterioso guerrero árabe, el impasible hombre de acción, sujetándose el estómago, doblado sobre sí mismo y partiéndose de risa.

—¡Le robó la esmeralda!... —decía entre carcajadas, y añadía con los ojos llenos de lágrimas—: ¡Cuando le besaba!...

—¡Pero tenemos que hacer algo! —exclamé, desesperado—. ¡Hay que recuperar la esmeralda!

—Vete tú a saber dónde estará Antonia ahora —dijo mi padre—. Anda, déjalo correr, Jaime. Hay que encajar los golpes con elegancia.

—¡Y un cuerno elegancia! ¡Esa maldita ladrona nos ha robado!

Mi padre arqueó una ceja.

—Hace unos minutos era una gran mujer, ¿y ahora es una maldita ladrona? Vamos, Jaime, ni lo uno ni lo otro. Además, quizá sea cierto que Antonia desciende de Saavedra. En ese caso, ella tendría más derecho sobre la esmeralda que nosotros.

Aquel comentario debió de parecerle muy jocoso a Rasul, pues comenzó a batir el suelo con los pies mientras se retorcía sobre la butaca entre grandes risotadas.

—Tiene buen humor tu amigo árabe —comentó mi padre.

—Sí —contesté, dejándome caer sobre el sillón—. Es una juerga de hombre...

—Vamos, Jaime, anímate —mi padre se reclinó en su asiento—. Mira, he estado dándole vueltas a todo esto de la cruz de El Dorado y los mensajes secretos, y he recordado un viejo timo, el del falso mapa del tesoro, que quizá no conozcan por aquí. Tendríamos que encontrar a un viajero incauto y, por supuesto, rico...

Estaba demasiado deprimido como para seguir prestando atención, de modo que me sumí en mis negros pensamientos. En aquel momento entró Yocasta con tres julepes de menta sobre una bandeja, tarareando un alegre bambuco mientras seguía el ritmo con su grueso corpachón. Volví la vista y contemplé a Rasul Alí Akbar, el temible Sirio, que seguía revolcándose de risa. Luego miré a mi padre. Ahí estaba, con ese parche de pirata, planeando alegremente uno de sus turbios negocios.

En fin, amigos míos, ¿qué podía hacer yo? Supongo que relajarme y sonreír.

Y eso fue lo que hice.

NOTA DEL AUTOR

La leyenda de El Dorado que se menciona en el texto es auténtica y fue uno de los grandes mitos que impulsaron las exploraciones europeas en tierras americanas durante los siglos XVI y XVII. De igual modo, la expedición de Gonzalo Jiménez de Quesada, que aparece citada en el capítulo cinco, es histórica y su desarrollo, en líneas generales, se corresponde con lo expuesto en el relato. Por el contrario, tanto la leyenda de la cruz de El Dorado como la expedición de Íñigo de Saavedra son fruto exclusivo de la imaginación del autor.

C. M.